FEDERIC

LOS GUARDIANES

LAS RELIQUIAS DE LOS DIOSES

NO TODAS LAS HISTORIAS HAN SIDO CONTADAS

Dedicatoria

Para mi abuelo, en paz descanse, cuya sabiduría y amor dejaron una huella imborrable en mi vida. Tu legado vive en mis recuerdos y en cada paso que doy.

Y para mi amada esposa, Mónica Hernández:

Eres mi mayor inspiración, la persona que no solo es mi pareja de vida, sino mi compañera en todas las aventuras que el destino nos ha presentado. En cada paso de este camino, has sido mi ancla y mi faro, guiándome con tu sabiduría y paciencia. Has compartido conmigo tanto los momentos de triunfo como los de desafío, demostrando que juntos somos más fuertes.

Tu amor incondicional y tu apoyo constante me han dado la fuerza para enfrentar lo desconocido y seguir adelante, incluso cuando el camino parecía insuperable. Eres mi musa y mi motivación, la razón por la que persisto en cada proyecto y sueño. Has transformado mi vida de maneras que nunca podría haber imaginado,

Los Guardianes.

llenándola de alegría, comprensión y un propósito profundo.

Gracias por ser mi compañera en esta increíble jornada, por creer en mí cuando yo dudaba, y por siempre estar a mi lado, en las buenas y en las malas. Esta obra, y todo lo que he logrado, es un reflejo de nuestro amor y nuestra unión. Juntos hemos creado un legado de aventuras y descubrimientos que continúan enriqueciendo nuestras vidas.

Gracias por enseñarme a Soñar en Grande.

Con todo mi amor.

Federico Bravo

Las reliquias de los Dioses.

Los Guardianes.

"El verdadero héroe es aquel que enfrenta la oscuridad no solo con valentía, sino con el corazón lleno de amor y la determinación de proteger a los suyos."

Federico Bravo.

Las reliquias de los Dioses.

Los Guardianes.

En épocas ancestrales...

Cuando el esplendor de las tierras que algún día serían México brillaba con intensidad, había un pequeño pueblo en los márgenes de una gran ciudad. Este pueblo vivía en una paz frágil, siempre a la sombra de la magnificencia de la capital. Sus habitantes, fieles al vasto imperio, sobrevivían en los límites del poder y la opulencia.

Dominando el horizonte del pueblo, el Cerro del Coyote se erguía como un coloso majestuoso, envuelto en misterio y veneración. Se susurraba que en sus profundidades habitaban espíritus antiguos y poderosos. Solo los más sabios se aventuraban en sus cavernas y senderos, buscando sabiduría y conexión con lo divino.

La llegada de los conquistadores españoles trajo un viento de cambio y devastación. Con armaduras relucientes y cruces en alto, avanzaron implacables, impulsados por una insaciable sed de riquezas y poder. Los

Las reliquias de los Dioses.

Los Guardianes.

indígenas, aunque valientes, fueron superados por la brutalidad y la tecnología de los invasores.

En el corazón del pueblo, un sacerdote indígena, conocido por su sabiduría y conexión con lo divino, observaba con angustia cómo su mundo se desmoronaba. Desesperado por salvar a su gente, el sacerdote decidió invocar a los Ahuiateteo, los dioses de la devastación.

Una noche, bajo la luz de la luna llena, se adentró en las profundidades del antiguo templo en el Cerro del Coyote, llevando ofrendas de sangre y flores. Con cánticos resonantes y rituales arcanos, llamó a los Ahuiateteo, quienes aparecieron como sombras envueltas en caos.

—Grandes Ahuiateteo, les imploro su ayuda —dijo el sacerdote—. Los invasores han traído muerte y desolación a nuestras tierras. Ayúdenme a detenerlos.

Los dioses, complacidos, aceptaron el pacto. A cambio, exigieron el alma del sacerdote y prometieron lanzar desgracias sobre los conquistadores.

—Acepto su demanda, grandes dioses —dijo el sacerdote, resignado.

Las reliquias de los Dioses.

Los Guardianes.

Las fuerzas oscuras de los Ahuiateteo fueron desatadas, trayendo enfermedades, sequías y conflictos. Aunque los invasores sufrieron, el precio pagado por el pueblo fue alto. La tierra se volvió inhóspita, y el caos reinó.

Años después, cuando la región estaba al borde de la aniquilación, un grupo de frailes franciscanos llegó, guiados por su fe. Al descubrir la devastación, se horrorizaron. Una noche, en fervorosa oración, tuvieron una visión divina. Los dioses, liderados por Quetzalcoatl, les revelaron la verdad.

—Un sacerdote hizo un pacto con los Ahuiateteo —explicó Quetzalcoatl—. Ustedes, hombres de fe, pueden detener este mal.

Los frailes aceptaron la misión. Los dioses les entregaron diez reliquias sagradas, imbuidas con el poder de un dios, para detener a los Ahuiateteo y restaurar el equilibrio.

Guiados por las reliquias y su fe, los frailes enfrentaron fuerzas oscuras y demonios. Finalmente, en el Cerro del Coyote, encontraron el corazón del mal. Formaron un círculo, entonaron cánticos sagrados y las reliquias

Las reliquias de los Dioses.

Los Guardianes.

brillaron con luz celestial. Los Ahuiateteo, furiosos, intentaron resistir, pero fueron superados. Las sombras se desvanecieron y la tierra comenzó a sanar.

Con los Ahuiateteo sellados, los frailes escondieron las reliquias. El pueblo, ahora conocido como el Cerro del Coyote, prosperó nuevamente, protegido por el legado de los frailes.

La historia de los frailes se convirtió en leyenda y la leyenda en mito, poco a poco sus nombres que un día se susurraban con reverencia, se perdieron en el olvido. Los descendientes de los guardianes originales continuaron la misión, protegiendo el equilibrio entre el mundo humano y el espiritual, asegurando que la paz y la prosperidad florecieran eternamente en la tierra de sus ancestros.

Las reliquias de los Dioses.

Los Guardianes.

Índice

1. La última Herencia 1
2. Un nuevo Comienzo 11
3. Un tesoro por descubrir 22
4. El Ritual y la Revelación 38
5. El Origen de los Guardianes 56
6. El Chamán y el Legado de los Guardianes........... 72
7. La Máscara de Jade de Tláloc 88
8. La Conversación de la Noche 102
9. El Charro Negro y el Panteón de Belén 118
10. La Leyenda del Charro Negro 134
11. La Tumba de la Llorona 149
12. Un Viaje a la Oscuridad 165
13. El Secreto de la Llorona 189
14. El Guardián del Tiempo 203
15. Un reencuentro espectral 215
16. En Busca de Nuevas Decisiones 230
17. El Despertar del Jaguar 240
18. El Guardián del Espejo Negro 255

Las reliquias de los Dioses

19. El Ojo del alma 238

20. Las Casas de la Gente Pequeña 231

21. El Poder de la Corona 296

22. La Sombra del Murciélago 308

23. El Despertar de los Muertos 322

24. El Misterio de la Serpiente Emplumada 335

25. El Último Asalto 350

26. El Legado de los Guardianes 369

27. Epílogo: Un Nuevo Llamado 374

Capítulo 1 La última Herencia

Alejandro González se sentó frente a su computadora, revisando una vez más su bandeja de entrada en busca de alguna respuesta positiva. A sus 28 años, había pasado los últimos seis meses enviando currículums y asistiendo a entrevistas de trabajo sin éxito. Con su título en historia en mano, había esperado con ansias el día en que pudiera compartir su amor por el pasado con jóvenes estudiantes, pero la realidad había sido cruelmente diferente.

Su cabello castaño estaba desordenado, y sus ojos verdes mostraban un cansancio profundo, una mezcla de desilusión y persistencia. A pesar de su pasión y conocimiento, cada entrevista parecía terminar de la misma manera.

—Lo sentimos, señor González, pero estamos buscando a alguien con más experiencia —le decían, y Alejandro salía de cada oficina con los hombros caídos y el ánimo por los suelos.

La única persona que siempre estaba allí para levantar su espíritu era su abuelo, don Julián. A sus 75 años, don Julián era un hombre robusto para su edad, con una barba blanca y espesa que le daba un aire de sabiduría. Sus ojos, de un azul intenso, brillaban con una energía que desmentía su avanzada edad. Don Julián había sido el cronista local de leyendas durante más de cincuenta años, recopilando historias y mitos de la región que fascinaban a Alejandro desde niño.

Decidido a encontrar un poco de consuelo y orientación, Alejandro tomó su chaqueta y se dirigió a la casa de su abuelo, una vieja casona llena de libros y antigüedades. Al llegar, el olor a papel viejo y madera lo recibió como un abrazo cálido.

—Alejandro, mi muchacho, pasa —dijo don Julián desde su estudio, donde estaba rodeado de manuscritos y volúmenes encuadernados en cuero.

—Hola, abuelo —respondió Alejandro, tratando de ocultar su frustración mientras se sentaba en una silla junto al escritorio de su abuelo.

—¿Cómo va la búsqueda de trabajo? —preguntó don Julián, aunque ya intuía la respuesta.

—Mal. Todas las entrevistas terminan igual. Quieren a alguien con más experiencia, y parece que mi pasión por la historia no es suficiente.

Don Julián lo miró con compasión y determinación. Sus manos arrugadas pero firmes se apoyaron en los brazos de su silla mientras se levantaba lentamente.

—Alejandro, la paciencia es una virtud. A veces, las oportunidades más importantes llegan cuando menos lo esperamos. Quiero darte algo que ha estado en nuestra familia por generaciones.

Don Julián caminó hacia una estantería polvorienta y sacó un libro antiguo con cubiertas de piel y hojas amarillas. El libro tenía un aire de misterio, como si guardara secretos olvidados por el tiempo.

—Este libro es muy especial —dijo, entregándoselo a Alejandro—. Dentro de estas páginas hay más de lo que los ojos pueden ver. Te ayudará a encontrarte a ti mismo cuando más lo necesites.

Alejandro tomó el libro con reverencia, sintiendo una conexión instantánea con el objeto. Antes de que pudiera hacer más preguntas, su abuelo lo abrazó y le sonrió con tristeza.

Era como si don Julián, supiera lo que venía, pero quería ocultárselo a Alejandro; la vida da lecciones duras a veces, Alejandro lo aprendió de su abuelo, quien siempre le recordaba que os tiempos difíciles hacían mejores hombres.

Esa noche, después de que Alejandro regresara a su casa, don Julián falleció pacíficamente en su cama. Don Julián que era una persona de hábitos muy arraigados, por primera vez en 50 años, no visito la plaza del pueblo, no saludo al vendedor de periódicos, no entro a a iglesia a jugar ajedrez con el señor Cura y mucho menos, se sentó en su banca del parqué donde cada tarde esperaba a los niños para poder contarles una historia.

Don Julián quien con cariño era apodado El cuenta cuentos, había fallecido, era como s al desprenderse de ese extraño libro, su vida también se desprendiera de su cuerpo.

La gente que le conocía, se extraño al no verlo y justamente, el señor Cura fue quien más se extraño de que su amigo no pasará a saludarle como de costumbre; así que preocupado porque estuviera enfermo, le realizó una visita a su casa, la cual reveló la trágica escena.

Las autoridades se pusieron en contacto con su familia, el padre de Alejandro, fue notificado y justamente fue el, quién le dio la noticia a Alejandro.

— Hola hijo, ¿Cómo estás? — Su voz entrecortada, sonó con extrañeza por la bocina del teléfono.

— Bien Papá, hace mucho que no llamabas, ¿Estás bien? — Alejandro pensó que su padre nuevamente le reprocharía el no poder conseguir un trabajo decente, como en otras ocasiones ya había sucedido.

— Hijo, se que siempre soy yo quien te da las malas noticias, pero… — Su voz se quebró en ese momento. — Está mañana encontraron a tu abuelo sin vida en su cama.

El teléfono enmudeció, después se cortó la llamada. La noticia le llegó como balde de agua helada, sus ojos se llenaron de lágrimas, mientras su manos se movían a su cara. No podía creer lo que estaba escuchando.

El funeral de su abuelo fue pequeño y discreto, la gente que conocía a don Julián, llegaba en pequeñas tandas para darle el último adiós al amable hombre, que tantos días les cortó interesantes historias fantásticas.

Una vez que el funeral termino, Alejandro y su papá se reunieron en el despacho de su abuelo. Platicaron durante un rato, como serían los trámites y en lo que requería Ayuda de Alejandro.

— Debemos revisar el tema del testamento de tu abuelo Hijo, es necesario hacer los trámites necesarios para que se haga la apertura y mientras más pronto lo hagamos, más pronto podrás tomar procesión de la casa y de todo lo que tu abuelo te dejo.

— Papá, perdona que te diga esto, pero ¿No crees que es muy pronto para hablar de esto? — Una mueca de enojo, se dibujo en su cara. — Por favor no me atosigues con eso ahorita, déjame al menos asimilarlo.

— Hijo yo sé que esté es un duro golpe para ti, y se que yo no soy el más indicado para tratar de consolarte, pero de verdad intento que esto se pase lo más rápido posible, se lo mucho que te duele pero, al mal paso darle prisa, opinarías lo mismo si al menos tu también fueras... — Su argumento se ahogo en su garganta, antes de poder terminar la frase.

—¿Si yo fuera qué Papá? ¿Un abogado como tú?
— Hijo yo solo quiero lo mejor para ti, se lo mucho que haz batallado para conseguir empleo, yo podría ayudarte, podría darte un puesto en el despacho, solo...

—No papá, para ti lo que yo quiero nunca ha sido importante, yo crecí con las historias de mi Abuelo, siempre soñé con ser como el, porque no puedes entender eso.

Con lágrimas en los ojos, Alejandro se sentó en el escritorio de su abuelo mientras su padre salía de la habitación; el dolor y la frustración eran demasiado, ya que no solo debía lidiar con el hecho de no poder encontrar trabajo, sino ahora también, el hecho de tener que enfrentarlo solo, ya que la única persona en la que el contaba, ahora ya no está. Alejandro encontró una carta dirigida a él en el escritorio de su abuelo, mientras reorganizaba los papeles dispersos por el escritorio.

Querido Alejandro,

Sé que este libro puede parecer un simple objeto viejo, pero es mucho más. Nuestro linaje ha sido responsable de proteger secretos antiguos sobre el mundo espiritual y las leyendas de México. Ahora, es tu turno de continuar con este legado. El libro te guiará.

Con cariño,
Abuelo Julián

Alejandro pensó que a lo que se refería está carta es que ahora el seguiría sus pasos, contando leyendas en algún parque de la ciudad. Decidió que si no encontraba trabajo pronto, tendría solo dos opciones, la primera es aceptar la oferta de su padre y la segunda, sería intentar convertirse en el cronista de la ciudad, contando leyendas en los lugares turísticos.

Una semana después del funeral, Alejandro decidió retomar su búsqueda de empleo, llevando consigo el libro de su abuelo como un talismán de esperanza. Cada día revisaba su correo electrónico con una mezcla de esperanza y resignación. Entonces, una mañana, un mensaje diferente captó su atención:

De: Escuela preparatoria del Cerro del Coyote

Asunto: Oferta de Trabajo – Maestro de Historia

Estimado Alejandro,

Hemos revisado su currículum y nos gustaría ofrecerle el puesto de maestro de historia en nuestra escuela. Sabemos que no nos hemos conocido por mucho tiempo, pero creemos que usted sería una gran adición a nuestro equipo. Esperamos su pronta respuesta.

Atentamente,

Directora Gabriela Ruiz

Alejandro contesto rápidamente el correo, esperando que en esta ocasión la entrevista fuese más alentadora que las últimas, lo único que a Alejandro le resultó extraño, es el hecho de que el jamás había enviado solicitud a esa escuela, o al menos no recordaba haberlo hecho.

Su correo fue simple pero formal, agradeció la oportunidad, solicito amablemente la dirección del lugar y la fecha y hora para la entrevista. Alejandro sabía que esto era solo un pequeño paso para intentar poner en orden su vida y su mente.

El correo de la escuela, no se hizo esperar y llegó esa misma tarde, el día y la hora, así como la dirección del lugar llegaron más pronto de lo que el siquiera contemplaba, la entrevista sería en dos días así que debía dejar en orden todo antes realizar el viaje al Cerro del Coyote.

Alejandro sintió un renovado sentido de propósito y decidió aceptar la oferta. Con el corazón lleno de esperanza y nerviosismo, se preparó para viajar a El Cerro del Coyote, sin saber que este sería el primer paso hacia un destino que nunca imaginó.

Capítulo 2: Un nuevo Comienzo

Alejandro condujo durante horas a través de caminos serpenteantes y paisajes montañosos, siguiendo las indicaciones hacia El Cerro del Coyote. La oferta de trabajo había llegado en un momento crucial, y aunque todavía estaba de luto por su abuelo, sentía una nueva esperanza. El libro de don Julián descansaba en el asiento del pasajero, una presencia constante y reconfortante durante el viaje.

Cuando finalmente llegó al pueblo, quedó sorprendido por su encanto rústico. Calles adoquinadas serpenteaban entre casas de adobe y tejas rojas, mientras que las montañas circundantes ofrecían una vista impresionante. En el corazón del pueblo, se encontraba la escuela preparatoria, un edificio colonial de piedra con grandes ventanales y un patio central.

Alejandro estacionó su coche y se dirigió a la entrada de la escuela, donde una mujer de mediana edad lo esperaba. Llevaba un vestido sencillo y elegante, y su cabello oscuro estaba recogido en un moño. Sus ojos marrones irradiaban calidez y autoridad.

—Bienvenido, Alejandro —dijo, extendiendo su mano con una sonrisa—. Soy Gabriela Ruiz, la directora. Es un placer conocerte en persona.

—El placer es mío, directora Ruiz. Gracias por recibirme —respondió Alejandro, estrechando su mano con firmeza.

—Por favor, llámame Gabriela —dijo ella, mientras lo guiaba hacia el interior de la escuela—. Déjame darte un recorrido por nuestras instalaciones antes de que hablemos de la vacante.

Caminaron por los pasillos luminosos, donde los estudiantes, de diversas edades, se desplazaban entre las aulas. Los niños corrían y reían, sus voces resonando con alegría juvenil. Gabriela le mostró las aulas, la biblioteca y el patio, describiendo con orgullo los logros de la escuela y los proyectos en los que estaban trabajando.

—Esta escuela es el corazón de nuestra comunidad —explicó Gabriela—. Nos esforzamos por brindar una educación de calidad a nuestros estudiantes, y siempre estamos buscando maestros apasionados que puedan inspirar a nuestros niños.

Alejandro escuchaba con interés, sintiéndose cada vez más atraído por la idea de trabajar en un lugar tan acogedor. Después del recorrido, Gabriela lo llevó a su oficina, una sala acogedora con estanterías repletas de libros y diplomas enmarcados en las paredes.

—Toma asiento, Alejandro —dijo Gabriela, señalando una silla frente a su escritorio. Ella se sentó en su propia silla y abrió una carpeta—. Quiero hablarte más sobre la vacante.

—Claro, estoy ansioso por saber más —respondió Alejandro.

—Estamos buscando un maestro de historia que no solo enseñe los hechos, sino que también despierte la curiosidad y el amor por la historia en nuestros estudiantes —explicó Gabriela—. Necesitamos a alguien que pueda conectar con ellos y hacer que las lecciones cobren vida. Según tu currículum, parece que tienes ese don.

Alejandro asintió, sintiendo una mezcla de nerviosismo y entusiasmo.

—Me encanta la historia y siempre he querido compartir esa pasión con los demás. Estoy dispuesto a hacer lo que sea necesario para ser un buen maestro.

Gabriela sonrió. —Eso es exactamente lo que buscamos. Además, vivirás aquí en el pueblo. El Cerro del Coyote es un lugar especial, lleno de historia y cultura. Creo que te sentirás como en casa muy rápidamente.

—Acepto la oferta —dijo Alejandro con firmeza, sintiendo que estaba tomando la decisión correcta.

—Perfecto —dijo Gabriela, extendiendo su mano para sellar el trato—. Bienvenido a El Cerro del Coyote, Alejandro.

Después de firmar algunos documentos y recibir las llaves de su nuevo hogar, Alejandro decidió explorar el pueblo. Las calles estaban animadas con el bullicio de la vida cotidiana, los vendedores en el mercado ofrecían productos frescos y artesanías, mientras los niños jugaban en las plazas.

Al caminar, Alejandro se sintió atraído hacia la plaza principal, donde una imponente catedral dominaba el paisaje. La estructura de piedra antigua era majestuosa, con altas torres que se elevaban hacia el cielo. Frente a la catedral, en el centro de la plaza, había una gran fuente adornada con intrincadas figuras de animales y seres mitológicos.

Alejandro se acercó a la catedral, admirando los detalles arquitectónicos y las vidrieras que relucían con los colores del atardecer. Algo en uno de los símbolos tallados en la piedra llamó su atención. Era un emblema antiguo, un diseño que se le hacía extrañamente familiar. Su mente volvió al libro de su abuelo, recordando las ilustraciones y símbolos que había visto en sus páginas.

— Ese símbolo, me es muy familiar, lo he visto antes en algún lugar.

Mientras observaba el símbolo, una anciana que pasaba cerca se detuvo a su lado.

—Es un símbolo antiguo, joven —dijo ella, con una voz suave y llena de sabiduría—. Representa a los guardianes del conocimiento y la historia de nuestro pueblo.

Alejandro se volvió hacia ella, intrigado.

—¿Los guardianes?

—Sí —respondió la anciana—. Es una antigua orden que, según las leyendas, protege los secretos del mundo espiritual y las historias de nuestra tierra. Muchos creen que son solo cuentos, pero algunos de nosotros sabemos que hay más verdad en ellos de lo que parece.

Alejandro sintió un escalofrío recorrer su espalda. Recordó las palabras de su abuelo y el misterioso libro que ahora llevaba consigo. Había más en este pueblo de lo que aparentaba a simple vista.

—Gracias por la información —dijo Alejandro, dándose cuenta de que su viaje apenas comenzaba.

La anciana asintió y continuó su camino, dejando a Alejandro solo con sus pensamientos. Se quedó un rato más en la plaza, observando a la gente y sintiendo la atmósfera del lugar.

Había algo en El Cerro del Coyote que lo atraía, una sensación de que este era el lugar donde debía estar.

Aunque Alejandro nunca había estado en el pueblo, pero una sensación de pertenencia lo invadía, era como si siempre hubiera estado alejado de su lugar. Esto era imposible, ya que su papá jamás lo había llevado ahí, mucho menos lo había mencionado antes.

Toda su vida siempre la vivió en la ciudad, sus escuelas, siempre fueron las típicas escuelas particulares llenas de niños consentidos y pedantes, lugares donde el sintió que no encajaba.

Fue hasta que terminó la secundaria que su papá le permitió ir a una escuela pública, la cual no solo fue un cambio de aires, sino también un escape de tanta pomposidad y prepotencia.

Luego de la preparatoria, consiguió entrar a la universidad donde estudió una carrera en enseñanza de la historia de México, cosa que le fascinó desde el primer día.

La historia prehispánica fue una de las épocas que más disfrutaba estudiar, la conquista y la independencia tenían un encanto especial, pero no le atraían tanto como las épicas prehispánicas.

Este amor por esta época tiene mucho que ver con las historias y leyendas que su abuelo le contaba cuándo era niño. Su infancia estuvo marcada siempre por dos vertientes: un padre viudo y ausente y un abuelo cálido, cercano y tal somos si fuera una maldición familiar, viudo también.

Alejandro decidió ir a conocer su nuevo hogar, para irse familiarizado con la propiedad. Le sorprendió la propuesta tan increíble, un trabajo con un salario decente y una casa a préstamo mientras fuera profesor de la escuela.

La casa que le prestaron a Alejandro estaba situada al final de una calle tranquila, rodeada de árboles frondosos que proporcionaban sombra y frescura. Era una construcción antigua pero bien conservada, con muros de adobe y un tejado de tejas rojas. La fachada estaba adornada con enredaderas y flores que trepaban por las paredes, añadiendo un toque de color y vida. Una puerta de madera maciza, decorada con tallados intrincados, daba la bienvenida a los visitantes, y las ventanas, con postigos de madera, ofrecían una vista encantadora del jardín frontal, donde un pequeño sendero de piedras conducía a la entrada.

Al entrar, Alejandro se encontró en una acogedora sala de estar, con muebles de madera oscura y cojines bordados que invitaban a sentarse y relajarse. Las vigas del techo, visibles y robustas, conferían a la estancia un aire rústico. La luz del sol se filtraba a través de las ventanas, creando un ambiente cálido y acogedor. En la esquina, una chimenea de piedra prometía noches confortables durante el invierno. La cocina, aunque modesta, estaba equipada con todo lo necesario y decorada con utensilios de cobre y cerámica pintada a mano. Un corredor estrecho conducía a las habitaciones, donde los muebles antiguos y las colchas de lana tejida a mano completaban el encanto tradicional de la casa. Alejandro sintió que había encontrado un refugio perfecto, un lugar donde podía sentirse en paz y conectado con la rica historia del pueblo.

Alejandro no podía esperar para mudarse, pero aún debía regresar a su casa en la ciudad, debía ir por sus cosas más esenciales, así como sus documentos.

Alejandro estaba emocionado pero no tenía con quien celebrar, había estado ignorando las llamadas de su papá la última semana, así que pensó que era mala idea llamarle.

Pero por un momento, como si su abuelo le aconsejará desde el cielo, decidió tomar su teléfono y llamarlo para darle la noticia.

El teléfono dio tono pero la llamada no fue respondida, lo intento de nuevo pero fue la respuesta fue la misma, la llamada no fue atendida.

Un tanto cabizbajo subió a su auto, y volvió a la ciudad, solo para tomar sus cosas y dar por finiquitado un capítulo doloroso de su vida y comenzar un nuevo rumbo en su vida.

Mientras regresaba a su nuevo hogar, Alejandro no podía dejar de pensar en el símbolo y en las palabras de la anciana. Sabía que su vida estaba a punto de cambiar de formas que no podía prever, y estaba listo para enfrentar cualquier desafío que se presentara.

La noche cayó sobre el pueblo, trayendo consigo una quietud que solo se rompía por el canto de los grillos y el susurro del viento. Alejandro abrió el libro de su abuelo y comenzó a leer, sumergiéndose en las historias y secretos que había heredado. Cada página revelaba más sobre los guardianes y su misión, y Alejandro se dio cuenta de que estaba destinado a descubrir esos misterios.

El camino fue largo, y cansado, pero satisfactorio, en extremo satisfactorio, la ilusión de un nuevo comienzo, brillaba en su ser, pero la intriga sobre la relación del pueblo, el libro de su abuelo y su abuelo mismo, no dejaban de resonar en su cabeza.

El sabía en su interior que muy pronto todo se iría descubriendo, por lo pronto se concentrará en disfrutar el momento con todos los matices que esto significaba y justo por eso, pronto descubrirá que la aventura y la fantasía, están a la vuelta de la esquina.

El Cerro del Coyote se convertía en su hogar, y con él, un mundo lleno de posibilidades y aventuras. Alejandro estaba listo para comenzar este nuevo capítulo de su vida, sabiendo que su abuelo lo guiaba desde el más allá.

Capítulo 3: Un tesoro por descubrir

Alejandro pasó la siguiente semana instalándose en su nuevo hogar. La mudanza había sido un proceso agotador, pero ahora, mientras desempaquetaba sus libros y acomodaba sus pertenencias, sentía una mezcla de emoción y nostalgia. La casa que le habían prestado tenía un encanto rústico que rápidamente se ganó su corazón. Cada rincón parecía susurrar historias del pasado, invitándolo a explorar y descubrir más sobre El Cerro del Coyote.

Una vez acomodado, Alejandro comenzó su nuevo trabajo como maestro de historia en la escuela del pueblo. Las mañanas estaban llenas de entusiasmo juvenil y curiosidad. Sus estudiantes, aunque a veces revoltosos, mostraban un interés genuino por las historias que Alejandro compartía. Durante las tardes, Alejandro aprovechaba para explorar el pueblo y sumergirse en sus tradiciones y costumbres. Caminaba por las calles adoquinadas, visitaba el mercado local y conversaba con los habitantes, quienes le contaban anécdotas y leyendas que parecían dar vida a cada esquina del lugar.

Un día, mientras paseaba por la plaza principal, se encontró una vez más frente a la imponente catedral. La estructura, con sus altas torres y elaborados detalles arquitectónicos, ejercía una atracción magnética sobre él. Alejandro se quedaba mirando los símbolos tallados en la piedra, especialmente el emblema que le recordaba al libro de su abuelo. El aire alrededor de la iglesia siempre parecía tener un toque de misterio, como si las paredes mismas guardaran secretos antiguos.

Fue en uno de estos momentos de contemplación que una mujer se acercó a él. Llevaba un vestido de lino blanco y una bufanda colorida que ondeaba con la brisa. Sus ojos oscuros y brillantes reflejaban una curiosidad amable.

—Hola, ¿eres nuevo en el pueblo, verdad? —dijo ella con una sonrisa, interrumpiendo sus pensamientos.

Alejandro se giró y asintió, un poco sorprendido por la interrupción.

—Sí, soy Alejandro. Me mudé aquí recientemente para trabajar como maestro de historia en la escuela local.

—Encantada de conocerte, Alejandro. Soy Isabel, la encargada del departamento de cultura del pueblo —respondió ella, extendiendo su mano—. Te he visto todos los días frente a la iglesia, parecía que estabas muy interesado en ella.

Alejandro estrechó su mano, notando la calidez en su saludo.

—Lo estoy, es una estructura fascinante. Me recuerda a algunas de las historias que me contaba mi abuelo. Me preguntaba sobre el origen de la iglesia y los símbolos que tiene tallados.

Isabel sonrió, visiblemente complacida por su interés.

—Es una iglesia muy especial. Su construcción data de la época colonial, y está llena de historias y leyendas que han pasado de generación en generación. Si tienes tiempo, me encantaría contarte más sobre ella.

—Claro, me encantaría escuchar más —dijo Alejandro, genuinamente intrigado.

Caminaron juntos hacia un banco en la plaza y se sentaron. Isabel comenzó a hablar, su voz melodiosa envolviendo a Alejandro en las historias del pasado.

—La iglesia fue construida en el siglo XVII por misioneros españoles. Dicen que el lugar donde se erigió fue elegido por su conexión espiritual con el mundo indígena. Antes de la llegada de los españoles, este lugar era un sitio sagrado para los pueblos originarios, un punto de encuentro entre el mundo de los vivos y los espíritus.

Alejandro escuchaba con atención, absorbiendo cada palabra.

—¿Y los símbolos en la fachada? —preguntó él, señalando las tallas intrincadas en la piedra.

—Ah, esos son especialmente interesantes —respondió Isabel—. Muchos de ellos son una mezcla de iconografía cristiana e indígena. El símbolo que te llama tanto la atención, por ejemplo, es un antiguo emblema de los guardianes del conocimiento. Se dice que aquellos que comprenden su verdadero significado son llamados a proteger los secretos del mundo espiritual.

Alejandro sintió un escalofrío al escuchar esto. Era como si las piezas de un rompecabezas comenzaran a encajar.

—Es increíble —dijo, tratando de procesar la información—. Mi abuelo me dejó un libro con símbolos similares. Siempre pensé que eran solo historias, pero ahora...

Isabel lo miró con interés renovado.

—Parece que tu abuelo tenía razón. Este pueblo está lleno de misterios esperando a ser descubiertos. De hecho, estamos a punto de celebrar una de nuestras tradiciones más antiguas, que data de la época de la colonia. Me encantaría que vinieras y la presenciaras. Es una experiencia que no te puedes perder.

Alejandro asintió, emocionado por la invitación.

—Claro, me encantaría asistir. ¿De qué se trata la tradición?

—Es una ceremonia muy especial que celebra la conexión entre nuestros antepasados y nosotros. Los detalles exactos son un secreto hasta el día de la celebración, pero te aseguro que será una experiencia inolvidable —respondió Isabel con una sonrisa enigmática.

Pasaron un rato más hablando sobre las leyendas y tradiciones del pueblo. Alejandro se sintió cada vez más fascinado por la rica historia de El Cerro del Coyote y por Isabel, cuya pasión por la cultura y el pasado era contagiosa. Cuando finalmente se despidieron, Alejandro se sintió revitalizado, con un renovado sentido de propósito y curiosidad.

De vuelta en su nueva casa, Alejandro reflexionó sobre su día mientras desempacaba las últimas cajas. El libro de su abuelo descansaba en la mesa del comedor, un recordatorio constante de su legado y la conexión con el pasado. Estaba ansioso por aprender más sobre los misterios del pueblo y sobre cómo todo parecía estar relacionado con su propio destino.

El Cerro del Coyote no solo se estaba convirtiendo en su hogar, sino en el escenario de un viaje de descubrimiento y aventura. Alejandro sabía que estaba en el lugar correcto, en el momento correcto, y estaba decidido a explorar cada secreto que el pueblo tenía para ofrecer.

Las semanas siguientes transcurrieron rápidamente. Alejandro se adaptó a su rutina en la escuela, ganándose el respeto y el cariño de sus estudiantes. Cada día, compartía historias fascinantes sobre la historia de México, desde la época prehispánica hasta los movimientos revolucionarios, haciendo que sus lecciones cobraran vida. Los niños, con los ojos bien abiertos y llenos de curiosidad, empezaron a ver la historia no solo como una serie de fechas y eventos, sino como un relato vibrante y relevante para sus vidas.

Durante las tardes y fines de semana, Alejandro continuaba explorando el pueblo. Descubrió que El Cerro del Coyote era mucho más que sus edificios coloniales y sus leyendas. Era un lugar donde la tradición y la modernidad convivían en armonía. En el mercado local, se maravilló con la variedad de productos artesanales, desde tejidos y cerámicas hasta joyas hechas a mano. Conoció a artesanos que compartían orgullosamente sus técnicas y secretos, transmitidos de generación en generación.

Uno de sus lugares favoritos se convirtió en la plaza principal, donde solía encontrarse con Isabel. Cada encuentro era una nueva oportunidad para aprender sobre el pueblo y sus historias. Isabel era una narradora cautivadora, capaz de hacer que incluso los detalles más pequeños parecieran llenos de significado. Alejandro notó que, además de ser una fuente de conocimiento, Isabel también se estaba convirtiendo en una amiga cercana, alguien con quien podía compartir sus pensamientos y descubrimientos.

Un día, mientras paseaban por la plaza, Isabel lo llevó a un pequeño café que se encontraba en una esquina tranquila. Las mesas de madera y las sillas de hierro forjado estaban dispuestas bajo la sombra de un árbol frondoso. Se sentaron y pidieron café y pan dulce, disfrutando del ambiente relajado.

—Alejandro, hay algo que quiero mostrarte —dijo Isabel, sacando un pequeño cuaderno de su bolso—. He estado recopilando algunas historias y leyendas del pueblo, y creo que te pueden interesar.

Alejandro tomó el cuaderno con curiosidad y empezó a hojearlo. Las páginas estaban llenas de notas y dibujos, algunos de los cuales eran claramente antiguos.

—Esto es increíble, Isabel. ¿De dónde sacaste toda esta información?

—Parte de ella viene de los archivos del departamento de cultura, y otra parte me la han contado los habitantes del pueblo. Pero hay una leyenda en particular que creo que tiene mucho que ver con el símbolo que te interesa —dijo Isabel, señalando una página con un dibujo del emblema que Alejandro había visto en la catedral.

—¿Qué dice la leyenda? —preguntó Alejandro, intrigado.

Isabel tomó una respiración profunda antes de comenzar.

—Cuenta la historia de una antigua orden de guardianes que protegían los secretos del mundo espiritual. Estos guardianes eran escogidos por su sabiduría y su conexión con los espíritus de la tierra. Según la leyenda, cada guardián debía pasar por una serie de pruebas para demostrar su valía. Solo aquellos que lograban comprender y aceptar la responsabilidad podían acceder a los secretos más profundos y convertirse en verdaderos guardianes.

Alejandro sintió un escalofrío mientras escuchaba. Las palabras de Isabel resonaban con las historias que su abuelo le había contado y con los pasajes del libro antiguo.

—¿Y crees que mi abuelo podría haber sido uno de esos guardianes? —preguntó, sintiendo que el misterio se profundizaba aún más.

—Es posible —respondió Isabel—. Muchas de las leyendas tienen un núcleo de verdad, y las historias de tu abuelo parecen estar conectadas con lo que he encontrado en mis investigaciones. Quizás tú también estás destinado a ser un guardián, Alejandro.

Alejandro asintió, sintiendo un renovado sentido de propósito y conexión con su abuelo. Continuaron charlando sobre las leyendas y las historias del pueblo, mientras el sol se ponía y las sombras se alargaban en la plaza. Alejandro se sentía más conectado con El Cerro del Coyote con cada día que pasaba, y cada conversación con Isabel profundizaba su fascinación por el lugar y sus misterios.

Durante las semanas siguientes, Alejandro y sus estudiantes exploraron temas que no solo incluían la historia de México sino también la rica herencia cultural de El Cerro del Coyote. Él les pidió a sus alumnos que entrevistaran a sus abuelos y recopilaran cuentos y leyendas que pudieran compartir con la clase. Esta tarea no solo aumentó su interés en la historia, sino que también fortaleció el vínculo entre generaciones.

Una tarde, mientras revisaba algunos de los trabajos de sus estudiantes, Alejandro encontró una historia que le llamó la atención. Era sobre un antiguo guardián que había protegido un tesoro espiritual escondido en las montañas circundantes. La historia mencionaba un símbolo idéntico al que él había visto en la iglesia y en el libro de su abuelo. Decidió que tenía que saber más.

Se dirigió a la plaza, donde sabía que encontraría a Isabel. La encontró hablando con algunos turistas, explicándoles la historia del pueblo con su usual entusiasmo. Cuando terminó, Alejandro se acercó y le mostró la historia que uno de sus estudiantes había recopilado.

—Mira esto, Isabel. Es una leyenda sobre un guardián y menciona un símbolo que se parece mucho al del libro de mi abuelo —dijo Alejandro, señalando el dibujo en el trabajo del estudiante.

Isabel lo leyó con atención, sus ojos brillando con interés.

—Esto es fascinante, Alejandro. Parece que la historia de tu familia está más entrelazada con la historia de nuestro pueblo de lo que habíamos imaginado. Deberíamos investigar esto más a fondo. Podríamos empezar por las montañas mencionadas en la leyenda. Tal vez encontremos algo que nos dé más pistas.

Alejandro asintió, emocionado por la perspectiva de una nueva aventura. —Sí, hagámoslo. ¿Cuándo podemos ir?

Isabel sonrió. —Podemos planear un viaje para el próximo fin de semana. Será una excelente oportunidad para explorar y aprender más.

Pasaron los días haciendo planes para su expedición. Isabel organizó todo lo necesario, desde mapas hasta provisiones, y Alejandro se aseguró de llevar el libro de su abuelo y el amuleto que había recibido. Durante el viaje, Isabel y Alejandro hablaron sobre sus vidas, sus sueños y sus miedos, fortaleciendo aún más su amistad.

El fin de semana llegó, y Alejando e Isabel se encontraron temprano en la mañana en la plaza principal. Isabel llevaba una mochila bien equipada y un sombrero de ala ancha para protegerse del sol. Alejandro llevaba su libro y una libreta para tomar notas.

—¿Listo para la aventura? —preguntó Isabel con una sonrisa.

—Más que listo —respondió Alejandro, devolviéndole la sonrisa.

Comenzaron su ascenso por los senderos montañosos, disfrutando del paisaje y de la compañía mutua. El camino era empinado y a veces difícil, pero la emoción de descubrir más sobre las leyendas del pueblo los mantenía motivados. Durante el ascenso, Isabel compartió más historias sobre los guardianes y los secretos que supuestamente estaban escondidos en las montañas.

Después de varias horas de caminata, llegaron a una cueva oculta entre las rocas. Alejandro sintió una extraña sensación de déjà vu, como si ya hubiera estado allí antes.

—Esta es la cueva de la leyenda —dijo Isabel, su voz llena de reverencia—. Aquí es donde el guardián escondió el tesoro espiritual.

Alejandro sacó el libro de su abuelo y lo abrió en una página que mostraba un mapa similar al que habían estado siguiendo. Dentro de la cueva, encontraron símbolos tallados en las paredes, similares a los del libro y a los que Alejandro había visto en la iglesia.

—Esto es increíble —dijo Alejandro, pasando sus dedos por los símbolos tallados—. Todo esto está conectado.

Isabel asintió, explorando la cueva con una linterna. —Mira esto, Alejandro —dijo ella, señalando un pequeño altar en el fondo de la cueva. Sobre el altar, había una caja de madera cubierta de polvo y telarañas.

Alejandro se acercó con cautela y abrió la caja. Dentro, encontró varios objetos antiguos, incluyendo un pergamino enrollado y un medallón con el mismo símbolo que había visto en todas partes.

—Parece que hemos encontrado algo importante —dijo Isabel, observando los objetos con admiración.

Alejandro desenrolló el pergamino con cuidado. Estaba escrito en una lengua antigua que no podía entender del todo, pero reconoció algunas palabras que había visto en el libro de su abuelo.

—Esto es un descubrimiento asombroso —dijo Alejandro, sintiendo la emoción burbujear dentro de él—. Debemos llevar esto de vuelta al pueblo y estudiarlo más a fondo.

Isabel asintió, ayudándolo a empacar los objetos con cuidado. Comenzaron su descenso, llevando consigo el peso de su descubrimiento.

Al llegar al pueblo, Alejandro no podía esperar para empezar a descifrar el pergamino y entender más sobre los guardianes y el papel de su familia en todo esto.

Durante las semanas siguientes, Alejandro e Isabel pasaron horas investigando y descifrando los escritos del pergamino. Trabajaron juntos en la biblioteca del pueblo, combinando sus conocimientos y habilidades para desentrañar los secretos que habían descubierto. Con cada día que pasaba, Alejandro sentía que se acercaba más a entender el legado de su abuelo y su propio destino como posible guardián.

Capítulo 4: El Ritual y la Revelación

El Cerro del Coyote se preparaba para la ceremonia de Semana Santa, una de las tradiciones más importantes del pueblo. Alejandro había escuchado muchas historias sobre esta celebración, pero nada lo había preparado para la magnitud de lo que iba a presenciar. El pueblo estaba decorado con guirnaldas de flores, y los habitantes vestían trajes tradicionales, llenos de colores y bordados intrincados. La atmósfera estaba cargada de una energía especial, una mezcla de expectación y reverencia.

Isabel se acercó a Alejandro, que estaba de pie cerca de la iglesia, observando la multitud.

—Alejandro, me alegra que hayas venido —dijo ella con una sonrisa—. Tengo una petición especial para ti. Quisiera que participaras en la ceremonia de este año.

Alejandro se sorprendió, pero asintió con entusiasmo.

—Claro, Isabel. ¿Qué necesitas que haga?

Isabel le entregó una túnica ceremonial y le indicó que llevara consigo el artefacto que habían encontrado en la cueva.

—Este artefacto tiene una gran importancia, y creo que tu participación puede hacer que la ceremonia sea aún más significativa este año. Llévalo contigo y sigue mis instrucciones durante el ritual.

Alejandro tomó la túnica y el artefacto, sintiendo el peso de la responsabilidad sobre sus hombros. Se dirigió al lugar donde los demás participantes se estaban preparando, sintiendo una mezcla de nervios y emoción.

La ceremonia comenzó al atardecer, con los habitantes del pueblo reunidos en la plaza principal. Los participantes formaron un círculo alrededor de un gran altar decorado con velas y ofrendas. Isabel se encontraba en el centro, liderando el ritual con una presencia calmada y segura.

—Bienvenidos a todos —comenzó Isabel, su voz resonando en el aire fresco de la tarde—. Hoy celebramos no solo nuestra fe, sino también nuestras tradiciones y la conexión con nuestros ancestros. Esta noche, realizaremos el ritual del guardián, y me enorgullece anunciar que Alejandro será parte de él.

Alejandro avanzó hacia el centro del círculo, sosteniendo el artefacto con cuidado. Isabel le indicó que lo colocara en el altar, junto a las otras ofrendas. Mientras lo hacía, sintió una extraña vibración emanando del objeto, como si estuviera respondiendo a la energía de la ceremonia.

La ceremonia continuó con cánticos y danzas, cada movimiento y sonido cargado de significado. Alejandro siguió las instrucciones de Isabel, participando en las danzas y recitando las oraciones antiguas. La atmósfera se volvía más intensa con cada momento, como si el aire mismo estuviera cargado de electricidad.

Cuando la ceremonia llegó a su punto culminante, Isabel levantó las manos y una quietud solemne cayó sobre la multitud.

—Que los espíritus de nuestros ancestros nos guíen y nos protejan —dijo Isabel, su voz llena de autoridad—. Que esta ofrenda sea aceptada y que la sabiduría de los guardianes nos ilumine.

En ese instante, el artefacto en el altar comenzó a brillar con una luz intensa y dorada. Alejandro sintió una oleada de energía recorriendo su cuerpo, conectándolo con el objeto de una manera profunda y misteriosa. La luz se expandió, envolviendo a todos los presentes en una cálida luminiscencia.

De repente, la luz se intensificó aún más, y una extraña aura se extendió por todo el pueblo. El cielo, que había estado claro y estrellado, se tornó gris y nublado. La gente comenzó a murmurar y a retroceder, asustada por lo que estaba ocurriendo.

La luz del artefacto parpadeó una última vez antes de apagarse abruptamente. Un silencio inquietante cayó sobre la plaza, roto solo por el susurro del viento. La multitud, ahora llena de miedo, comenzó a dispersarse rápidamente.

Esa noche, Alejandro regresó a su casa sintiéndose inquieto. Había algo en la energía del pueblo que no se sentía bien. Mientras se preparaba para acostarse, escuchó un sonido que le heló la sangre. Un lamento largo y desgarrador resonaba por las calles del pueblo, como un eco de dolor y desesperación.

Alejandro se acercó a la ventana y miró hacia fuera, buscando el origen del sonido. La niebla se había asentado sobre el pueblo, y el lamento continuaba, cada vez más cercano. Recordó las historias que había escuchado sobre la Llorona, un espectro que rondaba los pueblos en busca de sus hijos perdidos. Un escalofrío recorrió su espalda al darse cuenta de que la leyenda parecía haberse hecho realidad.

Los sonidos persistieron durante toda la noche, y Alejandro apenas pudo dormir. A la mañana siguiente, el pueblo estaba en un estado de agitación. La gente hablaba en susurros, compartiendo historias de extrañas apariciones y sonidos sobrenaturales. El miedo se había instalado en El Cerro del Coyote, y todos buscaban respuestas.

Alejandro se encontró con Isabel en la plaza principal. Ella también parecía preocupada, con sombras bajo sus ojos que revelaban una noche de insomnio.

—Alejandro, necesitamos entender qué está pasando —dijo Isabel, con una urgencia en su voz—. Algo en la ceremonia de anoche desató esta energía, y creo que el artefacto tiene la clave.

Alejandro asintió, recordando la extraña vibración que había sentido al tocar el artefacto.

—Tienes razón, Isabel. Es hora de leer el libro de mi abuelo y descifrar los símbolos del artefacto. Debemos descubrir cómo detener esto antes de que empeore.

Se dirigieron a la casa de Alejandro, llevando consigo el libro y el artefacto. Se sentaron en la mesa del comedor, rodeados de notas y documentos que habían acumulado durante sus investigaciones. Alejandro abrió el libro con cuidado, pasando las páginas hasta encontrar una sección que describía rituales y símbolos antiguos.

—Aquí está —dijo Alejandro, señalando una página con dibujos detallados—. Estos símbolos son los mismos que vimos en la cueva y en el artefacto. Deben tener algún significado que pueda ayudarnos a entender lo que desatamos.

Isabel se inclinó sobre el libro, estudiando los símbolos con atención.

—Estos son antiguos glifos nahuas. Según esto, representan diferentes elementos y fuerzas espirituales. Este símbolo en particular parece ser una especie de sello, algo que mantiene a raya a los espíritus.

Alejandro miró el artefacto, recordando cómo había brillado durante la ceremonia.

—Entonces, ¿crees que el artefacto estaba sellando algo? ¿Y al activarlo, liberamos esa energía? Isabel asintió.

—Es posible. Necesitamos descifrar el resto de estos símbolos para entender completamente cómo funciona este sello y cómo podemos restaurarlo.

Pasaron horas estudiando el libro y el artefacto, combinando sus conocimientos para desentrañar los secretos que guardaban. Alejandro sentía que cada símbolo que descifraban los acercaba más a una solución. Sin embargo, también se daba cuenta de que estaban lidiando con fuerzas mucho más antiguas y poderosas de lo que habían imaginado.

Mientras trabajaban, el sonido del lamento de la Llorona seguía resonando en el fondo de su mente. Sabía que el tiempo se estaba acabando y que debían actuar rápidamente para proteger al pueblo de la amenaza que habían desatado.

Finalmente, Isabel levantó la vista del libro, sus ojos llenos de determinación.

—Creo que lo hemos descifrado. Estos símbolos indican que podemos reactivar el sello, pero necesitaremos realizar otro ritual, uno que invoque a los guardianes para que nos ayuden.

Alejandro asintió, sintiendo una mezcla de alivio y temor.

—Entonces, debemos prepararnos. No podemos permitir que el pueblo siga sufriendo esta presencia maligna.

Con un nuevo plan en mente, Alejandro e Isabel comenzaron a reunir todo lo necesario para el ritual. Sabían que la tarea que tenían por delante sería difícil y peligrosa, pero estaban decididos a restaurar la paz en El Cerro del Coyote y proteger a sus habitantes de las fuerzas oscuras que se habían desatado.

La noche siguiente, Alejandro e Isabel se reunieron en la plaza principal, preparados para enfrentar lo desconocido. El destino del pueblo dependía de ellos, y juntos, estaban listos para asumir la responsabilidad que el legado de los guardianes les había impuesto.

Montaron el altar en el mismo lugar donde habían realizado la ceremonia anterior. Isabel empezó a recitar las oraciones y cánticos, mientras Alejandro sostenía el artefacto, tratando de concentrarse en la energía que emanaba de él. Sin embargo, a medida que avanzaban, se hizo evidente que algo no estaba funcionando. El artefacto no brillaba como antes y la energía no parecía fluir de la misma manera.

De repente, un lamento aterrador resonó en la plaza, y una figura espectral apareció entre la niebla. La Llorona avanzaba hacia ellos, sus ojos vacíos fijos en Alejandro. Antes de que pudiera reaccionar, una figura misteriosa surgió de las sombras y se interpuso entre ellos y el espectro, haciendo un gesto con su mano que hizo que la Llorona retrocediera, gritando enojada.

La figura se volvió hacia ellos, revelando un rostro anciano y arrugado. Era el chamán del pueblo, conocido por su sabiduría y conexión con los antiguos rituales.

—No pueden sellar el reino espiritual solo con ese artefacto —dijo el chamán, su voz fuerte y autoritaria—. Necesitan las diez reliquias de los dioses. Este artefacto es solo el primero de ellos.

Alejandro e Isabel se miraron, sorprendidos y confundidos.

—¿Diez reliquias? —preguntó Isabel, acercándose al chamán—. ¿Qué son y dónde las encontramos?

El chamán asintió lentamente, como si esperara esa pregunta.

—Hace cientos de años, cuando los monjes franciscanos llegaron a esta zona, las fuerzas de los dioses se aparecieron ante ellos —comenzó el chamán—. Los dioses pidieron ayuda para detener el mal que los conquistadores habían desatado. Les entregaron diez reliquias primordiales, cada una con un poder único. Solo reuniendo estas reliquias pueden sellar el reino espiritual y restaurar el equilibrio.

Alejandro sintió una mezcla de esperanza y temor. La tarea que tenían por delante parecía aún más monumental de lo que había imaginado.

—¿Cuáles son esas reliquias? —preguntó, ansioso por obtener más detalles.

El chamán señaló el artefacto que Alejandro sostenía.

—La primera reliquia es la Piedra del Sol de Tonatiuh, que ya tienen en su posesión —dijo—. Las otras nueve son: la Máscara de Jade de Tláloc, el Brazalete de Fuego de Huitzilopochtli, la Esfera de Obsidiana de Tezcatlipoca, el Callado de Centeotl, el Collar de Cuentas de Coatlicue, el Silbato de Mictlantecuhtli, el Ojo de

Oro de Xipe Totec, la Corona de Ixtlilton y la Reliquia Misteriosa de Quetzalcóatl.

Isabel frunció el ceño, tratando de procesar la información.

—¿Y dónde están estas reliquias ahora? —preguntó.

El chamán suspiró, observando el artefacto y luego a Alejandro e Isabel.

—Han estado escondidas y protegidas durante siglos. Cada reliquia tiene su guardián y su lugar de reposo. Encontrarlas no será fácil, pero es necesario para salvar el pueblo y sellar el reino espiritual.

Alejandro miró al chamán, con determinación en sus ojos.

—Entonces debemos empezar la búsqueda. No podemos dejar que esta oscuridad continúe afectando a El Cerro del Coyote.

El chamán asintió, satisfecho con la resolución de Alejandro.

—Tengan cuidado. Las fuerzas que desataron son poderosas y no se detendrán ante nada para evitar que restauren el equilibrio. Deben estar preparados para enfrentar grandes peligros.

Isabel tomó la mano de Alejandro, dándole un apretón reconfortante.

—Lo haremos juntos. Empezaremos por descifrar más del libro y ver si hay alguna pista sobre la ubicación de las reliquias.

El chamán sonrió ligeramente, observándolos con aprobación.

—Buena suerte, jóvenes. Que los dioses los guíen en su búsqueda.

Con una nueva misión en mente, Alejandro e Isabel regresaron a la casa de Alejandro. Se sentaron a la mesa, rodeados de notas, mapas y el libro antiguo de su abuelo. Empezaron a buscar cualquier pista que pudiera indicar la ubicación de las reliquias.

Pasaron horas estudiando el libro y el artefacto, combinando sus conocimientos para desentrañar los secretos que guardaban. Alejandro sentía que cada símbolo que descifraban los acercaba más a una solución. Sin embargo, también se daba cuenta de que estaban lidiando con fuerzas mucho más antiguas y poderosas de lo que habían imaginado.

El chamán los observaba en silencio, antes de comenzar a relatar la historia con más detalle.

—Hace siglos, los monjes franciscanos llegaron a esta región, trayendo con ellos la esperanza de conversión y paz. Pero lo que encontraron fue un territorio en tumulto, plagado de conflictos y energías oscuras desatadas por los conquistadores —comenzó el chamán—. Los dioses, al ver el caos, se aparecieron ante los monjes en un último intento de salvar el equilibrio del mundo.

Alejandro e Isabel escuchaban atentamente, sintiendo el peso de la historia que les contaba el chamán.

—Los dioses les dieron a los monjes diez reliquias, cada una con un poder inmenso —continuó el chamán—. Los monjes aceptaron su responsabilidad y, con la ayuda de estas reliquias, lograron contener las fuerzas oscuras y sellar el reino espiritual. Sin embargo, sabían que algún día las reliquias serían necesarias nuevamente, así que las escondieron en lugares sagrados y protegidos, dejando a los guardianes encargados de su cuidado.

Alejandro asintió, comenzando a comprender la magnitud de su misión.

—¿Y esos monjes se convirtieron en los primeros guardianes? —preguntó.

—Así es —respondió el chamán—. Ellos y sus sucesores han mantenido el equilibrio durante siglos. Pero con el tiempo, las ubicaciones exactas de las reliquias se perdieron, y ahora depende de ustedes encontrarlas nuevamente.

Isabel miró al chamán con respeto y admiración.

—Gracias por compartir esta historia con nosotros. Haremos todo lo posible por honrar el legado de los guardianes y proteger nuestro pueblo.

El chamán asintió, dándoles su bendición.

—Recuerden, el camino será arduo y lleno de peligros. Pero tienen el corazón y el coraje necesarios para triunfar. Que los espíritus de los antiguos guardianes los acompañen en su viaje.

Alejandro e Isabel se despidieron del chamán y se prepararon para la primera etapa de su búsqueda. Sabían que el destino del pueblo y el equilibrio del mundo dependían de su éxito.

La noche siguiente, cuando se dispusieron a intentar nuevamente el ritual, sabían que no sería suficiente con el artefacto que tenían. Pero Alejandro quería intentarlo, para ver si al menos podían ganar tiempo mientras buscaban las otras reliquias.

Montaron el altar en el mismo lugar donde habían realizado la ceremonia anterior. Isabel empezó a recitar las oraciones y cánticos, mientras Alejandro sostenía el artefacto, tratando de concentrarse en la energía que emanaba de él. Sin embargo, a medida que avanzaban, se hizo evidente que algo no estaba funcionando. El artefacto no brillaba como antes y la energía no parecía fluir de la misma manera.

De repente, un lamento aterrador resonó en la plaza, y una figura espectral apareció entre la niebla. La Llorona avanzaba hacia ellos, sus ojos vacíos fijos en Alejandro. Antes de que pudiera reaccionar, la figura del chamán surgió de las sombras y se interpuso entre ellos y el espectro, haciendo un gesto con su mano que hizo que la Llorona retrocediera, gritando enojada.

El chamán pronunció palabras en una lengua antigua, y una luz azulada emanó de sus manos, envolviendo a la Llorona y haciéndola desaparecer momentáneamente en la niebla. La plaza quedó en silencio, y Alejandro e Isabel miraron al chamán con gratitud y asombro.

—No tienen mucho tiempo —dijo el chamán, con una seriedad en su voz que no permitía dudas—. La Llorona volverá, y otras fuerzas oscuras se unirán a ella. Deben encontrar las reliquias y sellar el reino espiritual antes de que sea demasiado tarde.

Alejandro asintió, consciente de la urgencia de su misión.

—Lo haremos, chamán. Gracias por tu ayuda.

El chamán asintió, sus ojos brillando con determinación y esperanza.

—Buena suerte, jóvenes guardianes. Que los dioses los guíen y protejan en su búsqueda.

Con estas palabras, Alejandro e Isabel se dirigieron de nuevo a la casa, sabiendo que su búsqueda apenas comenzaba. Pasaron la noche planificando su próxima movida, conscientes de que el destino del pueblo dependía de su éxito.

Los Guardianes.

Al amanecer, armados con la determinación y la bendición del chamán, Alejandro e Isabel se prepararon para embarcarse en la primera etapa de su peligrosa misión. El peso del legado de los guardianes y la responsabilidad de proteger a El Cerro del Coyote los impulsaba hacia adelante, hacia lo desconocido.

Capítulo 5: El Origen de los Guardianes

Alejandro se sumergió en el libro antiguo de su abuelo, tratando de encontrar más pistas sobre los guardianes y las reliquias. Las horas pasaron mientras estudiaba cada página con detenimiento, hasta que finalmente encontró un capítulo que parecía contener la historia que buscaba. Con un profundo suspiro, comenzó a leer en voz alta, sintiendo que las palabras antiguas cobraban vida en la habitación.

"En aquellos días, cuando los monjes franciscanos llegaron a las tierras del nuevo mundo, encontraron un territorio en tumulto. Las energías oscuras desatadas por los conquistadores se esparcían como una plaga, perturbando el equilibrio espiritual y material. Los frailes, hombres de fe y esperanza, habían venido a traer paz y conversión, pero se encontraron con un desafío mucho más grande de lo que habían imaginado.

Guiados por su fe y una fuerza invisible, los frailes avanzaron por caminos inhóspitos y peligrosos. En su peregrinaje, se enfrentaron a diversos entes y espíritus que trataban de disuadirlos de su misión. Cada paso era una prueba de su determinación y fe. Al llegar a la región que hoy conocemos como El Cerro del Coyote, los frailes sintieron una presencia que los guiaba hacia el corazón del cerro.

Cierta noche, mientras acampaban a las faldas del cerro, un gran temblor sacudió la tierra. De la nada, aparecieron figuras etéreas que irradiaban un poder indescriptible. Los frailes se arrodillaron, reconociendo que estaban ante seres divinos. Eran los dioses antiguos de estas tierras, seres que habían sido adorados y respetados mucho antes de la llegada de los conquistadores.

El primero en hablar fue Quetzalcóatl, el dios serpiente emplumada, cuyas plumas resplandecían con luz propia.

—Monjes, hijos de la fe y la luz —dijo Quetzalcóatl—, hemos observado su llegada y comprendemos sus intenciones. Sin embargo, deben saber que en este lugar reside un mal antiguo, desatado por la desesperación y la furia de un sacerdote mexica.

Los frailes escucharon con atención, sus corazones palpitando con una mezcla de temor y esperanza.

—Ese sacerdote, en su desesperación por expulsar a los invasores de su tierra, hizo un pacto con los Ahuiateteo, los dioses de las desgracias —continuó Quetzalcóatl—. Les ofreció su alma a cambio de lanzar todas las desgracias sobre la tierra para acabar con los conquistadores. Pero este pacto, si se desata completamente, traerá destrucción no solo a los invasores, sino a todos los seres vivos

Los otros dioses asintieron, sus rostros serios y solemnes.

—Nosotros, los dioses de estas tierras, no estamos de acuerdo con esta destrucción indiscriminada —dijo Tláloc, el dios de la lluvia—. Hemos decidido intervenir para proteger a los inocentes y restaurar el equilibrio.

—Pero no podemos hacerlo solos —añadió Huitzilopochtli, el dios de la guerra—. Necesitamos aliados valientes y devotos, dispuestos a luchar contra las fuerzas del mal y proteger el orden del mundo.

Los frailes, movidos por su fe y su deseo de ayudar, se ofrecieron voluntarios.

—¿Qué debemos hacer? —preguntó el líder de los frailes, con la voz llena de resolución.

Quetzalcóatl asintió, satisfecho con la respuesta de los frailes.

—Primero, deben saber que los Ahuiateteo ya han comenzado a manifestar su poder —dijo—. Han desatado desgracias y sufrimientos, y su influencia solo crecerá si no se les detiene. Deben ser sellados en un velo invisible, pero para ello necesitamos de su ayuda.

—Cada uno de nosotros les otorgará una reliquia, un artefacto con nuestros poderes —dijo Tláloc—. Con estas reliquias, podrán enfrentarse a los Ahuiateteo y sellarlos.

Uno a uno, los dioses presentaron sus reliquias a los frailes. La primera fue la Piedra del Sol de Tonatiuh, un disco radiante que emitía una luz cálida y poderosa. Luego vino la Máscara de Jade de Tláloc, que irradiaba una calma refrescante y protectora.

Huitzilopochtli entregó su Brazalete de Fuego, un objeto que ardía con la intensidad de mil soles. Tezcatlipoca presentó la Esfera de Obsidiana, un orbe oscuro que reflejaba la verdad y el destino. Centeotl dio su Callado, un bastón que simbolizaba la fertilidad y el sustento. Coatlicue ofreció su Collar de Cuentas, un objeto que canalizaba la fuerza de la tierra y la vida.

Mictlantecuhtli entregó su Silbato, cuyo sonido resonaba en los confines del inframundo. Xipe Totec ofreció su Ojo de Oro, un símbolo de renacimiento y transformación. Ixtlilton presentó su Corona de Plumas, que otorgaba la sabiduría y la visión de los antiguos. Finalmente, Quetzalcóatl presentó la Reliquia Misteriosa, cuyo poder era desconocido incluso para los dioses, pero que era fundamental para sellar el pacto.

Con estas reliquias en su posesión, los frailes se prepararon para la batalla contra los Ahuiateteo. Guiados por la sabiduría de los dioses, aprendieron a utilizar los poderes de las reliquias para enfrentar las desgracias y calamidades desatadas por los dioses de las desgracias.

La lucha fue ardua y prolongada. Cada día, los frailes se enfrentaban a nuevos desafíos y horrores, pero su fe y determinación nunca flaquearon. Utilizando la Piedra del Sol de Tonatiuh, dispersaron las sombras que se cernían sobre la tierra. Con la Máscara de Jade de Tláloc, invocaron lluvias que purificaron y revitalizaron los campos arrasados.

El Brazalete de Fuego de Huitzilopochtli les permitió enfrentarse a los incendios desatados por los Ahuiateteo, mientras que la Esfera de Obsidiana de Tezcatlipoca revelaba las trampas y engaños de los espíritus malignos. El Callado de Centeotl proporcionaba alimento y sustento a los hambrientos, y el Collar de Cuentas de Coatlicue fortalecía la tierra, permitiendo que la vida floreciera de nuevo.

El Silbato de Mictlantecuhtli los protegía de los espíritus errantes del inframundo, mientras que el Ojo de Oro de Xipe Totec les daba la fuerza para superar la desesperación y renacer de las cenizas. La Corona de Plumas de Ixtlilton les otorgaba la claridad y visión necesarias para planear sus movimientos y anticiparse a los ataques.

Pero la Reliquia Misteriosa de Quetzalcóatl, cuyo poder era un enigma, se mantuvo inactiva, esperando el momento adecuado para revelar su verdadero propósito. Los frailes, sabiendo que era fundamental para completar su misión, la protegían con devoción y respeto.

Fragmento del diario de Fray Diego de la Cruz, año 1532

"Nos enfrentamos a horrores indescriptibles, sombras que se arrastran desde los rincones más oscuros de la tierra y desgracias que golpean sin piedad. Cada día es una lucha por sobrevivir, pero nuestras almas están unidas por una fe inquebrantable y un propósito mayor.

Recuerdo la primera vez que vimos la Piedra del Sol de Tonatiuh en acción. Fue durante un ataque nocturno, cuando las sombras de los Ahuiateteo intentaron infiltrarse en nuestro campamento. Con un rezo ferviente y un corazón lleno de fe, levantamos la piedra y una luz radiante emanó de ella, dispersando las sombras y devolviéndonos la esperanza. Fue un milagro que renovó nuestra determinación.

La Máscara de Jade de Tláloc ha sido nuestro refugio en momentos de desesperación. En medio de una sequía devastadora, colocamos la máscara y realizamos un ritual de lluvia. Las nubes se reunieron sobre nosotros y la lluvia cayó en abundancia, revitalizando la tierra y nuestras almas. Fue como si Tláloc mismo hubiera respondido a nuestras súplicas, demostrando que no estábamos solos en nuestra lucha.

Cada reliquia tiene su propio poder y propósito. El Brazalete de Fuego de Huitzilopochtli nos ha salvado de incendios descontrolados, permitiéndonos controlar las llamas con una precisión que solo puede ser descrita como divina. La Esfera de Obsidiana de Tezcatlipoca revela las trampas y engaños que los Ahuiateteo tienden para nosotros, mostrando la verdad en medio de la oscuridad.

El Callado de Centeotl nos ha proporcionado alimento y sustento en tiempos de escasez. Con su poder, los campos vuelven a florecer y el hambre retrocede. El Collar de Cuentas de

Coatlicue fortalece la tierra bajo nuestros pies, asegurando que la vida continúe y prospere.

"El Silbato de Mictlantecuhtli es nuestro protector contra los espíritus errantes del inframundo. En las noches más oscuras, cuando las almas perdidas intentan romper el velo entre nuestro mundo y el suyo, el sonido del silbato los ahuyenta, devolviéndolos a las profundidades de donde vinieron. Es un recordatorio constante de la fragilidad de nuestro mundo y de la fuerza necesaria para mantener el equilibrio.

El Ojo de Oro de Xipe Totec es un símbolo de renacimiento y transformación. En momentos de desesperación, cuando la esperanza parecía perdida, su resplandor dorado nos ha dado la fuerza para seguir adelante, renaciendo de nuestras propias cenizas y enfrentando cada nuevo desafío con renovada determinación.

La Corona de Plumas de Ixtlilton nos otorga la sabiduría y la visión necesarias para anticipar los movimientos de los Ahuiateteo. Con ella, podemos ver más allá de las ilusiones y trampas, planeando nuestras acciones con una claridad que solo puede venir de los dioses.

Sin embargo, la Reliquia Misteriosa de Quetzalcóatl sigue siendo un enigma. Aunque su poder permanece oculto, sentimos que su verdadero propósito se revelará en el momento más crítico. La protegemos con devoción, sabiendo que es fundamental para nuestra misión.

Finalmente, después de muchas batallas y sacrificios, logramos reunir a los Ahuiateteo en el Cerro del Coyote. Con la ayuda de las reliquias, creamos un velo invisible, un sello poderoso que confinó a los dioses de las desgracias y evitó que siguieran desatando su maldad sobre la tierra.

Quetzalcóatl, satisfecho con nuestra labor, se apareció ante nosotros una vez más.

—Han demostrado ser verdaderos guardianes del equilibrio —dijo Quetzalcóatl—. A partir de hoy, serán conocidos como Los Guardianes, protectores de la tierra y el espíritu. Su misión no ha terminado, pues siempre habrá fuerzas oscuras que intenten romper el sello y desatar el caos. Deben proteger las reliquias y asegurarse de que nunca caigan en manos equivocadas.

Aceptamos nuestro nuevo rol con humildad y gratitud. Quetzalcóatl nos enseñó cómo dispersar las reliquias por diferentes zonas del país, para que estuvieran protegidas de cualquier fuerza maligna. Cada reliquia fue llevada a un lugar sagrado y custodiada por un guardián designado, alguien digno de proteger el legado de los dioses y Los Guardianes.

Con el tiempo, las ubicaciones exactas de las reliquias se perdieron, convirtiéndose en leyendas y misterios. Sin embargo, el espíritu de Los Guardianes perduró, transmitido de generación en generación. Siempre habría alguien dispuesto a tomar el manto y proteger el equilibrio entre el mundo espiritual y el material.

La historia de Los Guardianes es una lección de fe, coraje y sacrificio, recordando a todos que el verdadero poder reside en la unidad y la voluntad de proteger a los inocentes. Dedicamos nuestras vidas a mantener el equilibrio y enseñar a otros sobre la importancia de la armonía y el respeto por las fuerzas espirituales.

Nuestro sacrificio y dedicación nunca serán olvidados, pues nuestra misión es eterna. Los Guardianes continuarán protegiendo la tierra y el espíritu, enfrentando cualquier desafío con fe y valentía."

Alejandro cerró el libro con cuidado, sintiendo el peso de la historia que acababa de leer. Se volvió hacia Isabel, quien había estado escuchando en silencio, absorta en la narración.

—Es una historia increíble —dijo Isabel, con una mezcla de asombro y admiración en su voz—. Los frailes se convirtieron en verdaderos héroes, y su legado ha perdurado hasta nuestros días. Pero ahora depende de nosotros continuar su misión.

Alejandro asintió, sintiendo una nueva determinación arraigarse en su interior.

—Tenemos que encontrar esas reliquias —dijo Alejandro con firmeza—. Debemos proteger nuestro pueblo y asegurarnos de que el equilibrio se mantenga.

Isabel tomó la mano de Alejandro, dándole un apretón reconfortante.

—Lo haremos juntos, Alejandro. Sabemos que las reliquias están dispersas por todo el país, y cada una está protegida por su propio guardián y lugar sagrado. Estaremos preparados para enfrentar grandes peligros.

Alejandro miró por la ventana, contemplando el vasto paisaje que se extendía ante ellos.

—Lo sé, pero no podemos permitir que el mal se desate nuevamente. Los Guardianes sacrificaron mucho para protegernos, y ahora es nuestro turno de llevar esa carga.

Con renovada determinación, Alejandro e Isabel comenzaron a planificar su siguiente paso. Sabían que la primera reliquia, la Piedra del Sol de Tonatiuh, ya estaba en su posesión, pero ahora tenían que descubrir cómo y dónde encontrar las otras.

Mientras tanto, en las profundidades de la noche, el chamán meditaba en su hogar. Sabía que el destino de El Cerro del Coyote estaba en manos de estos jóvenes valientes. Aunque la tarea era monumental, tenía fe en que Alejandro e Isabel podrían cumplir con su misión.

El chamán recordó las palabras de los dioses y la promesa que habían hecho de proteger a la humanidad de las fuerzas oscuras. Sabía que cada reliquia era más que un simple objeto; era una manifestación del poder y la voluntad de los dioses, un símbolo de la eterna lucha entre el bien y el mal.

Con un suspiro, el chamán abrió un antiguo cofre y sacó un mapa antiguo. Este mapa, pasado de generación en generación, contenía pistas y señales que podrían ayudar a Alejandro e Isabel en su búsqueda. Decidido a brindarles todo el apoyo posible, el chamán decidió compartir este tesoro con ellos.

A la mañana siguiente, Alejandro e Isabel se dirigieron al hogar del chamán. Al llegar, fueron recibidos con una cálida sonrisa y una mirada de sabiduría.

—Jóvenes Guardianes —dijo el chamán—, he sentido el peso de su misión y estoy aquí para ayudarles. Este mapa es un legado de nuestros ancestros, y contiene pistas que los guiarán en su búsqueda de las reliquias.

Alejandro tomó el mapa con reverencia, sintiendo la importancia del momento.

—Gracias, chamán. Este mapa será invaluable para nosotros.

El chamán asintió, sus ojos brillando con determinación.

—Recuerden, cada reliquia tiene su guardián y su lugar de reposo. Deben enfrentarse a muchos desafíos, pero confío en su fuerza y su corazón. Que los dioses los guíen y protejan en su camino.

Con el mapa en mano y la bendición del chamán, Alejandro e Isabel regresaron a la casa, listos para comenzar su búsqueda. Sabían que el camino sería largo y peligroso, pero estaban decididos a cumplir con su misión y proteger a su pueblo.

Esa noche, Alejandro se quedó despierto hasta tarde, estudiando el mapa y las notas del libro. Cada pista, cada símbolo, parecía cobrar vida ante sus ojos, guiándolo hacia el próximo destino. Aunque la tarea era monumental, sentía una extraña calma y certeza. Sabía que estaban destinados a ser los próximos Guardianes, y con Isabel a su lado, estaba listo para enfrentar cualquier obstáculo.

Isabel, mientras tanto, preparaba sus provisiones y armaba un plan para el viaje. Sabía que necesitarían estar bien preparados para lo que les esperaba. Cada reliquia representaba no solo un desafío físico, sino también espiritual. Pero estaba dispuesta a enfrentarlo todo, sabiendo que el destino de su pueblo y quizás del mundo dependía de ellos.

La historia de los frailes resonaba en la mente de Alejandro mientras se preparaban para partir. Recordó las batallas que habían librado, los sacrificios que habían hecho y la fe inquebrantable que los había guiado. Se preguntó si él e Isabel tendrían la misma fuerza y determinación para cumplir con su misión.

Mientras revisaba el mapa y las anotaciones del libro, Alejandro sintió una conexión profunda con los primeros Guardianes. Era como si sus espíritus los estuvieran guiando, dándoles la fuerza y la sabiduría necesarias para enfrentar los desafíos que se avecinaban.

Isabel, por su parte, se concentraba en el camino y en mantener su espíritu alto. Sabía que su fuerza y determinación serían clave para superar los desafíos que se avecinaban. Cada reliquia que encontraran sería un paso más hacia la salvación de su pueblo y la restauración del equilibrio.

Capítulo 6: El Chamán y el Legado de los Guardianes

Alejandro e Isabel sabían que antes de emprender cualquier viaje, debían comprender más profundamente el legado y las responsabilidades que estaban asumiendo. Decidieron visitar al chamán, Tzitzimitl, para aprender más sobre su misión y el papel que desempeñaba en ella. Al llegar a su hogar, un lugar lleno de hierbas medicinales, artefactos antiguos y símbolos que resonaban con un poder ancestral, fueron recibidos con una cálida sonrisa y una mirada de sabiduría.

Tzitzimitl los invitó a sentarse alrededor de una fogata en el patio trasero de su casa. El fuego crepitaba suavemente, creando un ambiente místico y acogedor. Alejandro e Isabel, ansiosos por escuchar la historia del chamán, se acomodaron y esperaron a que comenzara a hablar.

—Bienvenidos, jóvenes —dijo Tzitzimitl, su voz fuerte y llena de una calma autoritaria—. Sé que tienen muchas preguntas y es tiempo de que conozcan la verdad.

Alejandro e Isabel se inclinaron hacia adelante, atentos y ansiosos por escuchar lo que el chamán tenía que decir.

—Mi nombre es Tzitzimitl, y al igual que el abuelo de Alejandro, soy un Guardián —comenzó, su voz firme y serena—. Nuestra tarea es proteger las reliquias de los dioses y mantener el equilibrio entre el mundo espiritual y el material. Cada guardián es elegido no solo por su habilidad, sino también por su corazón y su capacidad para enfrentar lo desconocido.

Alejandro miró a Tzitzimitl con curiosidad. —¿Cómo te convertiste en guardián? —preguntó.

El chamán esbozó una leve sonrisa, sus ojos brillando con recuerdos de un pasado lejano.

—Es una historia larga y llena de desafíos. Mi maestro, un hombre sabio y poderoso, me enseñó los secretos de nuestra misión y me preparó para enfrentar las fuerzas oscuras que siempre acechan en las sombras. Desde joven, fui entrenado en las artes espirituales, aprendiendo a comunicarme con los dioses y a usar las reliquias para proteger a nuestro pueblo.

Tzitzimitl hizo una pausa, tomando una profunda respiración antes de continuar.

—He visto muchas cosas en mi vida. Bestias mitológicas, espíritus que se creen solo leyendas, y he luchado contra ellos para mantener el equilibrio. La magia es real, aunque no todos tienen la suerte o la capacidad de verla. Es un don y una carga, una responsabilidad que pocos comprenden.

Isabel lo miró con asombro. —¿Y cómo han batallado los guardianes a lo largo de las generaciones? —preguntó.

Tzitzimitl se acomodó en su asiento, listo para relatar una historia que había guardado en su corazón durante mucho tiempo.

—Mi maestro, Huemac, fue un gran hombre. Su sabiduría era conocida en toda la región, y su conexión con los dioses era profunda. Recuerdo el día en que me eligió como su aprendiz. Yo era joven, lleno de preguntas y ansias de aprender. Huemac me llevó a un lugar sagrado, un antiguo templo escondido en la selva, donde me mostró la Piedra del Sol de Tonatiuh.

Alejandro sintió una oleada de respeto y gratitud por el chamán. —¿Qué pasó después? —preguntó, su voz llena de interés.

Tzitzimitl cerró los ojos por un momento, sumergido en sus recuerdos. —Huemac me enseñó a respetar y proteger la piedra. Me mostró cómo usar su poder para disipar las sombras y proteger nuestro mundo. Pero más allá de las habilidades, me enseñó sobre la responsabilidad que conlleva ser un Guardián. Cada acción, cada decisión que tomamos, afecta el equilibrio del mundo espiritual y material.

El chamán abrió los ojos, mirando a Alejandro e Isabel con intensidad. —La vida de un Guardián está llena de desafíos. Hemos batallado contra fuerzas oscuras, espíritus vengativos y criaturas mitológicas que intentan romper el sello y desatar el caos. No es una tarea fácil, pero es necesaria. Protegemos las reliquias, asegurándonos de que nunca caigan en manos equivocadas.

Alejandro e Isabel se miraron, comprendiendo la magnitud de la responsabilidad que estaban asumiendo.

—Tzitzimitl, necesitamos tu ayuda para encontrar las reliquias y proteger nuestro pueblo —dijo Alejandro, su voz llena de determinación—. ¿Nos acompañarías en nuestra búsqueda?

El chamán suspiró, su expresión se volvió seria. —Jóvenes, la misión que tienen por delante es extremadamente peligrosa. He vivido muchos años y he visto lo que las fuerzas oscuras pueden hacer. No puedo arriesgar sus vidas.

Isabel intervino, su voz firme y clara. —Tzitzimitl, entendemos los riesgos, pero estamos dispuestos a enfrentarlos. Tenemos que proteger a nuestro pueblo y restaurar el equilibrio.

Tzitzimitl los miró durante unos largos segundos, evaluando su determinación y coraje. Finalmente, esbozó una leve sonrisa.

—Veo que tienen un gran espíritu y un corazón valiente. Muy bien, los acompañaré en su búsqueda. Juntos, enfrentaremos los desafíos que se avecinan.

Con Tzitzimitl como su mentor, Alejandro e Isabel se sintieron más preparados para enfrentar la peligrosa misión que les aguardaba. El chamán les enseñó sobre las diversas criaturas y espíritus que podrían encontrar, compartiendo historias de sus propias batallas y de los guardianes que vinieron antes que él. Su conocimiento de las artes espirituales y su habilidad para interpretar los antiguos símbolos y rituales sería crucial en su búsqueda.

Alejandro y Tzitzimitl pasaron horas estudiando el libro antiguo, descifrando los símbolos y mapas que los guiarían a las reliquias. Isabel, mientras tanto, se dedicó a aprender más sobre las hierbas y pociones que podrían necesitar para protegerse y sanar en el camino.

Una noche, mientras revisaban un mapa detallado en el libro, Tzitzimitl comenzó a relatar una historia particularmente importante.

—Este mapa nos muestra los lugares sagrados donde las reliquias están escondidas —dijo, señalando varios puntos en el pergamino—. Cada reliquia está protegida por un guardián y un conjunto de desafíos. Debemos estar preparados para enfrentarlos.

Alejandro asintió, sintiendo el peso de la responsabilidad. —Tzitzimitl, ¿qué tipo de desafíos enfrentaremos? —preguntó.

El chamán miró a Alejandro, sus ojos brillando con una sabiduría profunda.

—Cada guardián y lugar sagrado tiene sus propias pruebas. Algunas serán físicas, otras espirituales. Los dioses y los guardianes han diseñado estos desafíos para asegurar que solo aquellos dignos puedan acceder a las reliquias. Debemos estar preparados para enfrentar nuestros mayores miedos y superar nuestras propias limitaciones.

Isabel se inclinó hacia adelante, con una mirada decidida. —Estamos listos para enfrentar cualquier cosa. Con tu guía, Tzitzimitl, sé que podemos superar estos desafíos.

El chamán sonrió, orgulloso de la valentía de los jóvenes.

—Con fe, coraje y unidad, superaremos cualquier obstáculo. Los dioses nos guiarán y protegerán en nuestro camino.

Una tarde, mientras descansaban alrededor de la fogata, Alejandro no pudo evitar preguntar algo que lo había estado inquietando.

—Tzitzimitl, ¿cómo supiste que era el momento de intervenir? ¿Qué te hizo decidirnos ayudar?

El chamán levantó la vista del fuego, sus ojos fijos en las llamas danzantes.

—Sentí la perturbación en el equilibrio cuando encontraron la Piedra del Sol. Sabía que algo estaba cambiando y que era necesario actuar. Al principio, dudé si debía involucrarme directamente. He visto a muchos caer en esta lucha, y no quería que ustedes corrieran el mismo destino. Pero cuando vi su determinación, su coraje... supe que era el momento. La voluntad de proteger a los demás es lo que nos convierte en verdaderos guardianes.

Isabel asintió, comprendiendo la profundidad de sus palabras. —Gracias, Tzitzimitl. No podríamos hacerlo sin ti.

El chamán esbozó una leve sonrisa. —Y yo no podría hacerlo sin ustedes.

A medida que pasaban los días, Tzitzimitl les enseñó a Alejandro e Isabel no solo sobre las amenazas que enfrentarían, sino también sobre la importancia de la conexión con el mundo espiritual. Les mostró cómo meditar y comunicarse con los espíritus de la naturaleza, cómo interpretar las señales y presagios que los dioses les enviaban.

Una noche, mientras el viento susurraba a través de los árboles, Tzitzimitl compartió una historia que resonó profundamente en los corazones de Alejandro e Isabel.

—Hace muchos años, antes de que naciera, mi maestro Huemac enfrentó una gran oscuridad. Un espíritu maligno, conocido como Xtabay, intentó romper el sello y desatar el caos en nuestra tierra. Fue una batalla ardua y feroz. Huemac, armado con la Esfera de Obsidiana y el conocimiento de generaciones de guardianes, se enfrentó a Xtabay en una lucha que duró días y noches.

Alejandro e Isabel escuchaban atentamente, absortos en la historia. —Huemac sabía que no podía derrotar a Xtabay solo con la fuerza. Necesitaba astucia y sabiduría. Utilizó la Esfera de Obsidiana para desvelar las verdaderas intenciones del espíritu y encontrar su punto débil. Con gran esfuerzo, logró sellar a Xtabay nuevamente, restaurando la paz en nuestra tierra.

Tzitzimitl hizo una pausa, mirando a los jóvenes con una mezcla de orgullo y seriedad.

—Huemac me contó esta historia para enseñarme que ser un guardián no solo es una cuestión de poder, sino de comprensión y conexión con los espíritus. Cada reliquia tiene un propósito, y cada guardián debe entender profundamente el mundo espiritual para utilizarla correctamente.

Isabel asintió, comprendiendo la lección. —Gracias por compartir esta historia con nosotros, Tzitzimitl. Prometemos honrar el legado de los guardianes y proteger nuestro mundo.

El chamán sonrió, satisfecho con su respuesta.
—Sé que lo harán. Y recuerden, siempre estaremos conectados a través de nuestra misión y nuestras almas. Los dioses nos guiarán y nos protegerán en nuestro camino.

A la mañana siguiente, Alejandro e Isabel se levantaron temprano, llenos de determinación. Tzitzimitl los esperaba en el patio, con una mirada serena y una disposición resuelta.

—Es hora de comenzar nuestra búsqueda —dijo Alejandro, su voz firme y decidida.

Tzitzimitl asintió, entregándoles un pequeño amuleto de protección. —Esto les ayudará en su viaje. Que los espíritus los guíen y los protejan.

Con el amuleto en mano y la bendición del chamán, Alejandro e Isabel se sintieron más preparados que nunca para enfrentar los desafíos que les aguardaban. Sabían que con Tzitzimitl a su lado, tenían la guía y la sabiduría necesarias para triunfar.

Esa tarde, mientras caminaban por el bosque cercano, Tzitzimitl comenzó a contar su propia historia de iniciación como guardián, un relato que había guardado en su corazón durante muchos años.

—Tenía apenas dieciséis años cuando mi maestro Huemac me llevó al templo sagrado —comenzó Tzitzimitl, su voz llenándose de recuerdos—. Fue un día caluroso, y la selva estaba viva con los sonidos de la naturaleza. Huemac me mostró la Piedra del Sol de Tonatiuh, y su luz brillante me dejó sin aliento.

Alejandro e Isabel miraban a Tzitzimitl, fascinados por su historia.

—Huemac me enseñó a respetar la piedra y a comprender su poder. Me entrenó en las artes espirituales y me enseñó a comunicarme con los dioses. Aprendí a interpretar las señales y a usar las reliquias para proteger nuestro mundo. Fue un entrenamiento riguroso, pero cada lección me hacía más fuerte y más sabio.

Tzitzimitl hizo una pausa, su mirada se perdía en la distancia.

—Recuerdo una noche en particular. Estábamos en medio de un ritual de meditación cuando sentí una presencia oscura. Huemac me explicó que era un espíritu maligno que intentaba romper el equilibrio. Utilizamos la Piedra del Sol para disipar la oscuridad y restaurar la paz. Esa noche entendí verdaderamente la responsabilidad que conlleva ser un guardián.

Isabel sonrió, admirando la dedicación y la fuerza de Tzitzimitl. —Eres un verdadero héroe, Tzitzimitl. Tu historia es inspiradora.

El chamán esbozó una leve sonrisa. —No soy un héroe, Isabel. Solo soy un hombre que cumple con su deber. Y ahora, es su turno de continuar este legado.

Con cada día que pasaba, Alejandro e Isabel aprendían más sobre el mundo espiritual y las artes de los guardianes. Tzitzimitl les mostró cómo utilizar las hierbas y pociones para protegerse y sanar, cómo interpretar los símbolos antiguos y cómo enfrentar a las criaturas mitológicas.

Una noche, mientras el viento susurraba a través de los árboles, Tzitzimitl compartió una historia que resonó profundamente en los corazones de Alejandro e Isabel.

—Hace muchos años, mi maestro Huemac y yo nos enfrentamos a una criatura conocida como el Nahual. Esta bestia, mitad hombre y mitad jaguar, tenía la capacidad de cambiar de forma y desatar el caos. Fue una batalla feroz, y Huemac resultó gravemente herido. Utilicé todo lo que había aprendido para protegerlo y finalmente logramos derrotar al Nahual.

Alejandro sintió una profunda admiración por Tzitzimitl. —Eres increíble, Tzitzimitl. No puedo imaginar la cantidad de desafíos que has enfrentado.

El chamán miró a Alejandro con una sonrisa comprensiva. —Cada desafío nos hace más fuertes, Alejandro. Y cada victoria es una lección para el futuro. Recuerda siempre eso.

A medida que se acercaba el momento de partir, Tzitzimitl decidió darles una última lección importante.

—Jóvenes, la conexión con el mundo espiritual es fundamental. Deben aprender a escuchar a los espíritus de la naturaleza y a interpretar las señales que los dioses les envían. Solo así podrán utilizar las reliquias correctamente y enfrentar los desafíos que se avecinan.

Alejandro e Isabel asintieron, comprendiendo la profundidad de sus palabras.

—Gracias, Tzitzimitl. Prometemos honrar el legado de los guardianes y proteger nuestro mundo —dijo Alejandro, su voz llena de determinación.

El chamán sonrió, satisfecho con su respuesta. —Sé que lo harán. Y recuerden, siempre estaremos conectados a través de nuestra misión y nuestras almas. Los dioses nos guiarán y nos protegerán en nuestro camino.

Finalmente, llegó el día de partir. Alejandro, Isabel y Tzitzimitl se prepararon para su viaje, llenos de determinación y esperanza. Sabían que el camino sería largo y peligroso, pero con el chamán a su lado, se sentían más seguros y preparados.

Alejandro miró a sus compañeros, sintiendo una mezcla de emoción y responsabilidad.

—Vamos a traer de vuelta el equilibrio y proteger nuestro mundo —dijo, su voz llena de determinación.

Isabel y Tzitzimitl asintieron, listos para enfrentar los desafíos que se avecinaban.

Con sus corazones llenos de esperanza y coraje, los tres se pusieron en marcha, preparados para enfrentar cualquier peligro y proteger el legado de los guardianes. El viaje del héroe había comenzado, y con Tzitzimitl como su mentor, Alejandro e Isabel estaban listos para enfrentarse a cualquier adversidad y descubrir las verdades ocultas de su misión.

Juntos, enfrentarían las sombras y restaurarían la luz, honrando el legado de los guardianes y protegiendo el mundo de las fuerzas oscuras que amenazaban con desatar el caos.

Capítulo 7: La Máscara de Jade de Tláloc

Con el sol naciendo sobre El Cerro del Coyote, Alejandro, Isabel y Tzitzimitl se prepararon para partir en busca de la primera reliquia: la Máscara de Jade de Tláloc. Sabían que su destino era el Lago de Texcoco, un lugar envuelto en leyendas y misterios. Desde que se rompió el velo espiritual, el lago estaba custodiado por una bestia mítica, aunque no sabían cuál era esa criatura.

Montaron en el coche de Alejandro y emprendieron el viaje. El camino hasta el Lago de Texcoco fue relativamente rápido, gracias a las carreteras modernas. Mientras conducían, Tzitzimitl les relataba historias y enseñanzas sobre los guardianes y las reliquias, manteniendo viva la llama de su determinación.

—Recuerden, jóvenes —decía Tzitzimitl mientras el paisaje pasaba junto a ellos—, cada reliquia tiene su guardián y sus propios desafíos. Debemos estar preparados para lo inesperado y trabajar juntos para superarlos.

Alejandro e Isabel escuchaban atentamente, grabando cada palabra en su memoria. Sabían que su éxito dependía de su capacidad para comprender y respetar el mundo espiritual y sus guardianes.

Llegaron al Lago de Texcoco a medio día. El agua estaba tranquila, pero una extraña energía emanaba de sus profundidades, un recordatorio de la presencia de algo guardando la máscara. Tzitzimitl se detuvo y observó el lago con una expresión solemne.

—Este es el lugar —dijo—. La máscara de Tláloc está escondida en una cueva submarina en algún lugar del lago. Pero primero, debemos encontrar y enfrentar a su guardián.

Alejandro sintió un nudo en el estómago. Sabía que este enfrentamiento sería peligroso, pero también era crucial para su misión.

—¿Qué tipo de criatura podría estar custodiando la máscara? —preguntó Isabel, mirando el lago con aprensión.

Antes de que Tzitzimitl pudiera responder, el agua comenzó a agitarse violentamente. Burbujas grandes ascendieron a la superficie, seguidas por un rugido sordo que resonó en el aire. De repente, una figura oscura emergió del lago, salpicando agua por todas partes. Era el Ahuizotl, una criatura con cuerpo de perro, garras de mono y una cola que terminaba en una garra similar a una mano.

La criatura se lanzó hacia ellos con sorprendente velocidad. Alejandro, Isabel y Tzitzimitl se replegaron rápidamente, buscando refugio detrás de unas rocas cercanas.

—¡Eso es un Ahuizotl! —exclamó Tzitzimitl, su voz firme y controlada—. Debemos encontrar la forma de detenerlo.

—¿Cómo lo hacemos? —preguntó Alejandro, tratando de mantener la calma.

—Necesitamos información —dijo Isabel, sacando el libro antiguo de su mochila—. Este libro ha sido nuestra guía. Debe tener algo sobre cómo someter a esta criatura.

Se refugiaron detrás de las rocas mientras Isabel buscaba frenéticamente en el libro. El Ahuizotl, enfurecido, merodeaba cerca del agua, sus ojos brillando con una luz siniestra mientras buscaba a sus intrusos.

—Aquí está —dijo Isabel, señalando una página—. Hay un ritual que puede someter al Ahuizotl. Necesitamos preparar una ofrenda y realizar un encantamiento.

Alejandro y Tzitzimitl miraron la página con atención. El ritual requería una mezcla de hierbas y otros ingredientes que Tzitzimitl llevaba en su mochila.

—Tenemos lo que necesitamos —dijo Tzitzimitl—. Debemos trabajar rápido y con cuidado.

Tzitzimitl comenzó a preparar la ofrenda, mezclando las hierbas y los ingredientes mientras murmuraba oraciones en una lengua antigua. Alejandro e Isabel observaban en silencio, sintiendo la tensión y la anticipación en el aire.

Una vez que la ofrenda estuvo lista, Tzitzimitl la colocó en una roca cerca de la orilla del lago y encendió un pequeño fuego. El humo comenzó a elevarse, llevando las oraciones del chamán hacia el cielo. Alejandro e Isabel se posicionaron a ambos lados de Tzitzimitl, listos para lo que vendría.

El Ahuizotl, atraído por el aroma de la ofrenda, salió del agua con cautela. Sus ojos brillaban con una luz siniestra mientras se acercaba a la roca.

—¡Ahora! —gritó Tzitzimitl.

Alejandro y Isabel se movieron rápidamente, intentando rodear a la criatura. El Ahuizotl dejó escapar un gruñido amenazante y se lanzó hacia ellos con sorprendente velocidad. Alejandro logró esquivar el primer ataque, pero Isabel no fue tan afortunada y fue derribada por la poderosa garra del Ahuizotl.

—¡Isabel! —gritó Alejandro, corriendo hacia ella.

Tzitzimitl levantó su bastón y comenzó a recitar el encantamiento del libro, su voz firme y resonante. Un resplandor azul emanó del bastón, envolviendo al Ahuizotl y ralentizando sus movimientos. Isabel aprovechó la oportunidad para ponerse de pie y alejarse de la criatura.

—¡Usa la Piedra del Sol! —gritó Tzitzimitl a Alejandro.

Alejandro sacó la Piedra del Sol de su mochila y la sostuvo en alto. La luz dorada que emanaba de la piedra cegó momentáneamente al Ahuizotl, haciéndolo retroceder con un aullido de dolor

—¡Vamos, Isabel! —dijo Alejandro—. Debemos mantener la luz en él.

Isabel se unió a Alejandro, sosteniendo la piedra junto a él. La luz brillante se intensificó, envolviendo al Ahuizotl y debilitándolo. Tzitzimitl continuó su encantamiento, sus palabras llenas de poder y determinación.

El Ahuizotl, enfurecido, hizo un último intento por atacar. Su garra se alzó, pero antes de que pudiera golpear, Alejandro e Isabel dirigieron la luz de la piedra directamente a sus ojos. La criatura dejó escapar un grito agonizante y, finalmente, se desplomó en el suelo, inmovilizada.

Tzitzimitl se acercó, su mirada fija en la criatura derrotada.

—Hemos logrado detenerlo por ahora, pero no por mucho tiempo —dijo—. Debemos actuar rápidamente y encontrar la máscara.

Alejandro e Isabel asintieron, respirando con dificultad pero sintiéndose aliviados por la victoria.

—¿Dónde está la cueva? —preguntó Alejandro.

Tzitzimitl señaló una pequeña abertura en la orilla del lago, parcialmente sumergida en el agua. —Allí. La cueva está bajo el agua. Debemos entrar y buscar la máscara.

Sin perder tiempo, los tres se dirigieron hacia la abertura. Alejandro fue el primero en sumergirse, seguido de Isabel y Tzitzimitl. La cueva submarina era oscura y estrecha, pero la luz de la Piedra del Sol iluminaba su camino.

Nadaron a través de pasadizos angostos y cavernas llenas de estalagmitas y estalactitas. El agua era fría y densa, dificultando su avance, pero su determinación los impulsaba hacia adelante.

Finalmente, llegaron a una cámara más amplia. En el centro de la cámara, sobre un pedestal de piedra, descansaba la Máscara de Jade de Tláloc. La máscara era hermosa, con intrincados grabados y un aura de poder que se sentía en el agua.

Alejandro se acercó con cautela y tomó la máscara. En el momento en que sus dedos tocaron el jade, una vibración recorrió su cuerpo, como si el espíritu de Tláloc reconociera su presencia.

—Tenemos que salir de aquí rápidamente —dijo Tzitzimitl, su voz resonando en la cueva—. El Ahuizotl no permanecerá inmovilizado por mucho tiempo.

Con la máscara en mano, nadaron de regreso por los pasadizos. El viaje de vuelta fue aún más difícil, ya que la cueva parecía resistirse a dejarlos ir. Finalmente, emergieron en la superficie, jadeando por aire.

Cuando salieron del agua, el Ahuizotl ya había comenzado a moverse. Sus ojos brillaban con ira, y se preparaba para atacar de nuevo. Pero antes de que pudiera hacerlo, Tzitzimitl levantó la Máscara de Jade y la sostuvo frente a la criatura.

—¡En nombre de Tláloc, detente! —ordenó Tzitzimitl, su voz llena de autoridad.

El Ahuizotl se detuvo de repente, como si una fuerza invisible lo controlara. Sus ojos se suavizaron y bajó la cabeza en señal de sumisión.

—La máscara ha reconocido su legítimo guardián —explicó Tzitzimitl—. El Ahuizotl no nos atacará mientras la llevemos con nosotros.

Alejandro e Isabel respiraron aliviados. Habían enfrentado un gran peligro y salido victoriosos.

—Gracias, Tzitzimitl —dijo Alejandro—. No podríamos haberlo hecho sin ti.

El chamán asintió, su expresión llena de respeto y orgullo.

—Lo hicimos juntos, jóvenes. Esta es solo la primera de muchas batallas que enfrentaremos. Pero hoy, hemos demostrado que estamos listos.

Con la Máscara de Jade de Tláloc en su posesión, Alejandro, Isabel y Tzitzimitl comenzaron su viaje de regreso a El Cerro del Coyote. Sabían que este era solo el comienzo de su misión, pero la victoria sobre el Ahuizotl les había dado la confianza y la determinación para continuar.

Durante el camino de regreso, Tzitzimitl les enseñó más sobre las reliquias y sobre cómo utilizarlas correctamente. Les explicó que cada reliquia tenía un propósito específico y que solo al comprender su verdadero poder podrían utilizarlas para proteger el equilibrio del mundo.

—La Máscara de Jade de Tláloc tiene la capacidad de controlar el agua y el clima —dijo Tzitzimitl mientras caminaban—. Puede invocar lluvias torrenciales o calmar las tormentas más feroces. Es una herramienta poderosa, pero debe ser usada con sabiduría y respeto.

Alejandro e Isabel escuchaban atentamente, sabiendo que el conocimiento de Tzitzimitl sería crucial en su misión. El chamán también les habló de la importancia de mantenerse conectados con el mundo espiritual y de buscar siempre la guía de los dioses.

—Cada reliquia que encontremos nos acercará más a restaurar el equilibrio —dijo Alejandro, mirando a sus compañeros—. Pero también nos enfrentará a nuevos desafíos. Debemos estar preparados.

Isabel asintió, su expresión seria y decidida.

—Lo lograremos, Alejandro. Con Tzitzimitl a nuestro lado y el legado de los guardianes guiándonos, no fallaremos.

De vuelta en El Cerro del Coyote, se reunieron en la casa de Alejandro para reflexionar sobre su viaje y planificar su próxima movida. La Máscara de Jade de Tláloc descansaba en la mesa frente a ellos, su presencia imponente llenando la habitación.

—Hemos obtenido la primera reliquia, pero hay muchas más que debemos encontrar —dijo Tzitzimitl, mirando a Alejandro e Isabel con seriedad—. Cada una está protegida por sus propios guardianes y desafíos. Debemos estar siempre alertas y preparados para lo inesperado.

Alejandro tomó la máscara con reverencia, sintiendo el peso de su responsabilidad.

—¿Qué sigue, Tzitzimitl? ¿Dónde debemos ir ahora?

El chamán sacó el mapa antiguo y lo extendió sobre la mesa. Señaló varios puntos marcados con símbolos y anotaciones.

—Cada una de estas marcas representa la ubicación de una reliquia. El próximo destino es el Templo de Tláloc en la sierra. Allí, encontraremos el Brazalete de Fuego de Huitzilopochtli. Pero el camino será peligroso y desafiante.

Isabel miró el mapa con determinación.

—Estamos listos para lo que venga. Juntos, enfrentaremos cualquier obstáculo.

Tzitzimitl asintió, orgulloso de la valentía de los jóvenes.

—Recuerden siempre, jóvenes, que no están solos. Los dioses nos guían y protegen en nuestro camino. Con fe y unidad, superaremos cualquier desafío.

Mientras planeaban su próximo viaje, Alejandro no podía dejar de pensar en el enfrentamiento con el Ahuizotl. Habían aprendido mucho de esa batalla, y sabía que cada experiencia los haría más fuertes y preparados para lo que estaba por venir.

Con el amanecer de un nuevo día, Alejandro, Isabel y Tzitzimitl se prepararon para su próximo viaje. Sabían que el camino sería largo y peligroso, pero con el chamán a su lado, se sentían más seguros y preparados.

Alejandro miró a sus compañeros, sintiendo una mezcla de emoción y responsabilidad.

—Vamos a traer de vuelta el equilibrio y proteger nuestro mundo —dijo, su voz llena de determinación.

Isabel y Tzitzimitl asintieron, listos para enfrentar los desafíos que se avecinaban.

Con sus corazones llenos de esperanza y coraje, los tres se pusieron en marcha, preparados para enfrentar cualquier peligro y proteger el legado de los guardianes.

Juntos, enfrentarían las sombras y restaurarían la luz, honrando el legado de los guardianes y protegiendo el mundo de las fuerzas oscuras que amenazaban con desatar el caos.

Mientras avanzaban hacia su próximo destino, Alejandro e Isabel reflexionaban sobre todo lo que habían aprendido y lo que aún les esperaba. La presencia de Tzitzimitl, con su sabiduría y experiencia, era un faro de guía en su viaje. La Máscara de Jade de Tláloc, ahora segura en sus manos, era un recordatorio de su primera victoria y un símbolo del poder que debían utilizar con respeto y responsabilidad.

La historia de los guardianes estaba lejos de terminar, y con cada paso que daban, Alejandro e Isabel sabían que estaban escribiendo su propio capítulo en esa épica saga. Estaban listos para enfrentar cualquier desafío, confiando en su fuerza, su fe y la guía de los dioses.

Capítulo 8: La Conversación de la Noche

El sol se había puesto sobre El Cerro del Coyote, y la tranquilidad de la noche envolvía al pueblo. Alejandro no podía conciliar el sueño. Los eventos del día anterior, la batalla contra el Ahuizotl y el ataque a Isabel, lo habían dejado inquieto. Mientras miraba el techo de su habitación, sus pensamientos volvían una y otra vez a la misma preocupación: los peligros que se avecinaban y la seguridad de Isabel.

Incapaz de soportar la agitación interna, se levantó de la cama y se dirigió a la casa del chamán. Sabía que Tzitzimitl era el único que podría ofrecerle la guía y la claridad que tanto necesitaba. Caminó por las calles silenciosas, sintiendo el peso de la responsabilidad sobre sus hombros.

Al llegar, encontró a Tzitzimitl sentado frente a una pequeña fogata en su patio trasero, como si hubiera sabido que Alejandro vendría. El chamán lo invitó a sentarse sin decir una palabra, y por un momento, solo el crepitar del fuego llenó el silencio entre ellos.

—Sabía que vendrías, Alejandro —dijo Tzitzimitl finalmente, su voz serena y comprensiva—. ¿Qué te preocupa?

Alejandro miró las llamas, buscando las palabras adecuadas para expresar su tormento interno.

—No puedo dejar de pensar en lo que pasó con el Ahuizotl —comenzó, su voz cargada de preocupación—. Isabel casi resultó gravemente herida. Fue solo la primera criatura a la que enfrentamos, y ya me siento abrumado. No puedo evitar preguntarme si estamos preparados para lo que viene. ¿Y si algo le pasa a Isabel? ¿Y si no soy lo suficientemente fuerte para protegerla?

Tzitzimitl asintió lentamente, comprendiendo el peso de las palabras de Alejandro.

—Tus miedos son naturales, Alejandro. Todos los guardianes enfrentan momentos de duda y temor. Es parte del camino que has elegido. Pero hay algo que debes entender sobre esta búsqueda —dijo el chamán, sus ojos brillando con sabiduría—. Es una búsqueda solitaria en muchos aspectos. Debes estar preparado para dejar ir lo que temes perder.

Alejandro frunció el ceño, confundido y frustrado por las palabras del chamán.

—¿Dejar ir a Isabel? No puedo hacer eso. Ella es mi amiga, mi compañera en esta misión. No puedo imaginarme continuar sin ella.

Tzitzimitl miró a Alejandro con una mezcla de compasión y firmeza.

—Alejandro, el verdadero poder de un guardián no reside solo en su habilidad para luchar, sino en su capacidad para aceptar el destino y los sacrificios que conlleva. Si quieres proteger a Isabel, debes estar preparado para dejarla ir. No porque no la necesites, sino porque la fuerza de tu misión requiere que estés dispuesto a sacrificar incluso lo que más amas por el bien mayor.

Alejandro sintió una punzada en el corazón. La idea de perder a Isabel, de enfrentar el futuro sin ella, era casi insoportable. Pero también sabía que Tzitzimitl tenía razón. La misión que tenían por delante era más grande que cualquiera de ellos individualmente.

—¿Cómo puedo hacer eso? —preguntó Alejandro, su voz llena de desesperación—. ¿Cómo puedo prepararme para perder a alguien que significa tanto para mí?

El chamán tomó un momento antes de responder, el fuego reflejándose en sus ojos.

—El camino de un guardián es uno de constante aprendizaje y crecimiento. Debes entender que cada ser tiene su propio destino y que no siempre podemos controlar lo que sucede. Debes encontrar la fuerza en ti mismo, una fuerza que no dependa de nadie más. Solo entonces estarás verdaderamente preparado para enfrentar cualquier desafío, sin importar el costo.

Alejandro asintió lentamente, tratando de procesar las palabras de Tzitzimitl. Sabía que tenía razón, pero eso no hacía que fuera más fácil aceptar.

—Tengo miedo, Tzitzimitl —admitió Alejandro, su voz temblando—. Miedo de fallar, miedo de perder a Isabel, miedo de no estar a la altura de esta misión.

El chamán puso una mano reconfortante en el hombro de Alejandro.

—El miedo es una parte natural del ser humano, Alejandro. No puedes eliminarlo, pero puedes aprender a enfrentarlo. Usa ese miedo como una fuente de fuerza, no de debilidad. Permite que te impulse a ser mejor, más fuerte, más decidido. Es en los momentos de mayor temor cuando descubrimos de qué estamos realmente hechos.

Alejandro cerró los ojos, sintiendo las lágrimas arder en sus párpados. La lucha interna era intensa, pero sabía que Tzitzimitl tenía razón. Debía aprender a aceptar el miedo y a utilizarlo como una herramienta, no como una carga.

—¿Cómo lo hiciste tú, Tzitzimitl? —preguntó finalmente, abriendo los ojos y mirando al chamán—. ¿Cómo enfrentaste tus propios miedos cuando te convertiste en guardián?

Tzitzimitl sonrió ligeramente, recordando su propio viaje.

—Cuando era joven, mi maestro Huemac me enseñó una lección muy valiosa. Me llevó a una montaña sagrada y me dejó allí solo durante una noche. Me dijo que enfrentara mis miedos y encontrara la fuerza dentro de mí. Esa noche, rodeado de oscuridad y de mis propios temores, comprendí que el verdadero enemigo no estaba afuera, sino dentro de mí. Aprendí a enfrentar mis miedos, a aceptar mis debilidades y a convertirlas en mi mayor fortaleza.

Alejandro escuchó con atención, sintiendo que cada palabra del chamán resonaba en lo más profundo de su ser.

—Tu viaje será diferente, Alejandro, pero la lección es la misma —continuó Tzitzimitl—. Debes encontrar la fuerza dentro de ti, una fuerza que no dependa de nadie más. Solo entonces estarás preparado para enfrentar cualquier desafío, sin importar lo que el futuro te depare.

Alejandro asintió, sintiendo una nueva determinación crecer dentro de él. Sabía que el camino por delante sería difícil, pero también sabía que no estaba solo. Tenía a Isabel, a Tzitzimitl y a los dioses guiándolo.

—Gracias, Tzitzimitl —dijo Alejandro, su voz más firme y segura—. Prometo encontrar esa fuerza dentro de mí. Prometo enfrentar mis miedos y proteger a Isabel y a nuestro mundo, sin importar el costo.

El chamán sonrió, satisfecho con la respuesta de Alejandro.

—Sé que lo harás, Alejandro. Y recuerda, siempre estaré aquí para guiarte y apoyarte en tu camino.

Esa noche, mientras Alejandro regresaba a su casa, sintió una nueva claridad y propósito. Sabía que el camino por delante sería lleno de desafíos y peligros, pero también sabía que tenía la fuerza y la determinación para enfrentarlos. Había aprendido una lección valiosa de Tzitzimitl: la verdadera fuerza de un guardián reside en su capacidad para aceptar su destino y los sacrificios que conlleva.

Al llegar a su casa, encontró a Isabel despierta, esperándolo con una expresión preocupada en su rostro.

—¿Dónde estabas? —preguntó Isabel, su voz llena de alivio al verlo.

Alejandro sonrió, sintiendo una paz interior que no había sentido en mucho tiempo.

—Tenía que hablar con Tzitzimitl —respondió—. Necesitaba claridad sobre muchas cosas.

Isabel lo miró con curiosidad.

—¿Y la encontraste?

Alejandro asintió, su sonrisa se ensanchó.

—Sí, Isabel. Creo que finalmente entiendo lo que significa ser un guardián.

Isabel se acercó y lo abrazó, sintiendo la firmeza y la confianza en su abrazo.

—Estoy contigo, Alejandro. Siempre.

Alejandro cerró los ojos, disfrutando del momento. Sabía que el futuro estaba lleno de incertidumbres, pero también sabía que no estaba solo. Con Isabel a su lado y la guía de Tzitzimitl, estaba preparado para enfrentar cualquier cosa que viniera.

La conversación con Tzitzimitl había cambiado algo en Alejandro. Sentía una fuerza renovada y una claridad de propósito que no había tenido antes. Esa noche, mientras el viento susurraba a través de los árboles y la luna brillaba en el cielo. Alejandro tomó una decisión. A partir de ese momento, enfrentaría sus miedos con valentía y determinación. Protegería a Isabel y cumpliría con su misión, sin importar lo que el destino le deparara.

El camino de un guardián no era fácil, pero Alejandro sabía que estaba preparado para enfrentarlo. Había aceptado la responsabilidad y el sacrificio que conllevaba, y estaba decidido a honrar el legado de los guardianes. Con cada paso que daba, sentía que se acercaba más a su verdadero destino.

La búsqueda de las reliquias continuaría, y con cada desafío, Alejandro aprendería y crecería. Había aceptado sus miedos y decidido convertirlos en su mayor fortaleza. Con la guía de Tzitzimitl y el apoyo de Isabel, estaba listo para enfrentar cualquier adversidad y proteger el equilibrio del mundo.

A la mañana siguiente, Alejandro se despertó con una renovada sensación de propósito. El sol comenzaba a elevarse, bañando la habitación con su luz dorada. Isabel ya estaba despierta, revisando el mapa y las notas que habían recopilado hasta ahora.

—Buenos días —dijo Isabel, sonriendo al ver a Alejandro levantarse—. ¿Dormiste bien?

Alejandro asintió, acercándose a ella.

—Sí, mucho mejor. Gracias por preocuparte.

Isabel notó un cambio en él, una firmeza y una calma que no había visto antes.

—Parece que la conversación con Tzitzimitl te ayudó mucho —comentó.

Alejandro sonrió, recordando las palabras del chamán.

—Sí, me hizo ver las cosas desde una nueva perspectiva. Ahora entiendo mejor lo que significa ser un guardián y lo que se necesita para proteger a los que amamos.

Isabel asintió, satisfecha con su respuesta.

—Me alegra oír eso. Tenemos mucho trabajo por delante, y necesitaremos toda la fuerza y la sabiduría que podamos reunir.

Sin embargo, mientras Alejandro hablaba con Isabel, una sombra de preocupación cruzó su rostro. Recordaba las palabras de Tzitzimitl sobre la necesidad de estar preparado para dejar ir lo que temía perder. Sabía que su vínculo con Isabel era fuerte, pero también comprendía que debía protegerla, incluso si eso significaba mantener cierta distancia.

Durante los siguientes días, Alejandro comenzó a actuar de manera más distante con Isabel. Intentaba tomar decisiones sin consultarla, se encargaba de tareas peligrosas solo y evitaba las conversaciones profundas. Isabel, por supuesto, notó el cambio y se preocupó por ello.

Una tarde, mientras estaban revisando sus provisiones, Isabel decidió confrontar a Alejandro.

—Alejandro, ¿qué está pasando? —preguntó, su voz cargada de preocupación—. Has estado actuando de manera diferente desde nuestra última misión. Te siento distante, como si estuvieras tratando de alejarte de mí.

Alejandro se detuvo, sintiendo un nudo en el estómago. Sabía que no podía seguir evitando la conversación.

—Isabel, no es que quiera alejarme de ti —comenzó, tratando de encontrar las palabras correctas—. Solo quiero protegerte. Lo que estamos haciendo es peligroso, y no quiero que corras riesgos innecesarios por mi culpa.

Isabel lo miró con una mezcla de confusión y tristeza.

—Alejandro, somos un equipo. Decidimos hacer esto juntos. No puedes protegerme alejándome. Necesitamos confiar el uno en el otro y enfrentarnos a estos desafíos juntos.

Alejandro suspiró, sintiendo la presión de la responsabilidad.

—Lo sé, Isabel. Pero Tzitzimitl me hizo ver que debo estar preparado para dejar ir lo que más temo perder. Si algo te pasara por mi culpa, no me lo perdonaría.

Isabel se acercó y tomó las manos de Alejandro entre las suyas.

—Alejandro, entiendo tus miedos. Pero no puedes cargar con todo tú solo. Estoy aquí porque quiero estar aquí, porque creo en nuestra misión tanto como tú. Si vamos a enfrentar estos desafíos, debemos hacerlo juntos, como siempre lo hemos hecho.

Alejandro sintió una mezcla de alivio y culpa. Sabía que Isabel tenía razón, pero también sabía que el miedo a perderla seguía acechando en su corazón.

—Tienes razón, Isabel —dijo finalmente—. Prometo no alejarme más. Pero por favor, entiéndeme. Solo quiero lo mejor para ti.

Isabel asintió, con una leve sonrisa en sus labios.

—Lo sé, Alejandro. Y yo también quiero lo mejor para ti. Juntos, somos más fuertes. No lo olvides.

Esa noche, mientras Alejandro se preparaba para dormir, reflexionó sobre su conversación con Isabel. Sabía que había actuado por miedo, pero también comprendía que la fortaleza de su misión residía en la unidad y el apoyo mutuo. Isabel era más que una compañera; era una aliada, alguien en quien podía confiar y apoyarse.

Alejandro se acercó a la ventana y miró hacia las estrellas. Sabía que el camino por delante estaba lleno de incertidumbres, pero también sabía que tenía a Isabel y a Tzitzimitl a su lado.

Con ellos, sentía que podía enfrentar cualquier cosa.

Los días pasaron, y Alejandro se esforzó por mantener su promesa de no alejarse de Isabel. Trabajaron juntos en sus planes y enfrentaron cada pequeño desafío con determinación. La relación entre ellos se fortaleció, y Alejandro comenzó a darse cuenta de que, a veces, la mejor manera de proteger a alguien es permitiéndoles estar a tu lado.

Una noche, mientras acampaban bajo las estrellas, Isabel se sentó junto al fuego, mirando las llamas danzar. Alejandro se acercó y se sentó a su lado, notando la expresión pensativa en su rostro.

—¿En qué piensas? —preguntó suavemente.

Isabel suspiró, sin apartar la vista del fuego.

—Estaba reflexionando sobre todo lo que hemos pasado y lo que aún nos espera. Sé que el camino será difícil, pero también sé que no podría hacerlo sin ti.

Alejandro sintió una oleada de gratitud y afecto por Isabel.

—Yo también, Isabel. Prometo estar siempre a tu lado, enfrentando lo que venga juntos.

Isabel sonrió, mirándolo con una mezcla de cariño y determinación.

—Estamos en esto juntos, Alejandro. Siempre.

A medida que se acercaba el momento de su próxima misión, Alejandro sentía una mezcla de nerviosismo y determinación. Sabía que cada paso los acercaba más a su objetivo, pero también comprendía que los desafíos se volverían más intensos. Sin embargo, con Isabel a su lado y la sabiduría de Tzitzimitl guiándolos, estaba seguro de que podían enfrentar cualquier adversidad.

El viaje de los guardianes continuaba, y con cada desafío, Alejandro aprendía y crecía. Había aceptado sus miedos y decidido convertirlos en su mayor fortaleza. Con la guía de Tzitzimitl y el apoyo inquebrantable de Isabel, estaba listo para enfrentar cualquier cosa que el destino les deparara.

La búsqueda de las reliquias proseguía, y Alejandro sabía que su verdadero destino aún estaba por revelarse. Pero con cada paso que daba, sentía que estaba más cerca de comprender su propósito y de cumplir con la misión que los dioses les habían encomendado.

El camino de un guardián no era fácil, pero Alejandro sabía que estaba preparado para enfrentarlo. Había aceptado la responsabilidad y el sacrificio que conllevaba, y estaba decidido a honrar el legado de los guardianes. Con cada paso que daba, sentía que se acercaba más a su verdadero destino.

Capítulo 9: El Charro Negro y el Panteón de Belén

Alejandro, Isabel y Tzitzimitl se prepararon para el largo viaje que los llevaría al norte de México, específicamente a Guadalajara, en busca del Brazalete de Fuego de Huitzilopochtli. Esta reliquia no estaba en un templo, sino en un lugar conocido por sus leyendas y su historia oscura: el Panteón de Belén. La incertidumbre sobre la ubicación exacta de la reliquia añadía una capa extra de dificultad a su misión.

Montaron en el coche de Alejandro y emprendieron el viaje por carretera. El camino sería largo, pero el paisaje mexicano, con su diversidad y belleza, les ofrecía momentos de reflexión y preparación mental para los desafíos que se avecinaban. Tzitzimitl aprovechó el tiempo para contar más sobre las leyendas y la historia del Panteón de Belén.

—El Panteón de Belén es un lugar cargado de energía espiritual —dijo Tzitzimitl mientras el coche avanzaba por la carretera—. Muchas almas inquietas residen allí, y sus historias se han transmitido de generación en generación. Debemos estar atentos a cualquier señal.

Isabel asintió, su mirada fija en el horizonte.

—He oído hablar de las leyendas del panteón, pero nunca imaginé que podríamos enfrentarnos a ellas directamente.

Alejandro, al volante, compartía la preocupación de sus compañeros.

—¿Qué más debemos saber sobre este lugar, Tzitzimitl?

El chamán tomó un respiro antes de continuar.

—Una de las leyendas más conocidas es la del Árbol del Vampiro. Se dice que si alguien derriba ese árbol, el vampiro enterrado allí buscará venganza contra los guardianes que lo atraparon. Pero eso no es todo. También hay otra presencia oscura que debemos tener en cuenta: el Charro Negro.

Alejandro e Isabel intercambiaron miradas, intrigados.

—El Charro Negro —continuó Tzitzimitl— es un espíritu que no puede ser sellado. Según el libro, fue un hombre llamado Ignacio Bernal. La leyenda cuenta que, después de perder su fortuna, hizo un pacto con un hombre elegante, vestido de charro, que resultó ser el diablo. A cambio de una bolsa de monedas que se llenaba cada día, Ignacio vendió su alma. Pero cuando llegó el momento de pagar, intentó escapar. Fue maldecido a vagar eternamente, buscando a alguien tan codicioso como él para pasarle la bolsa y liberarse de su tormento.

Isabel se estremeció al escuchar la historia.

—Es el único espíritu que no ha podido ser sellado. Eso significa que es extremadamente peligroso —dijo.

Tzitzimitl asintió.

—Así es. Debemos estar preparados para enfrentarnos no solo a los espíritus del panteón, sino también a las intenciones oscuras del Charro Negro.

Después de un largo día de viaje, finalmente llegaron a Guadalajara. El Panteón de Belén se alzaba ante ellos, su atmósfera oscura y misteriosa palpable incluso desde el exterior. Las antiguas tumbas y mausoleos, cubiertos de musgo y enredaderas, emanaban un aire de solemnidad y temor.

Alejandro apagó el motor del coche y miró a sus compañeros.

—Aquí estamos. Listos para enfrentar lo que venga.

Tzitzimitl asintió, su mirada fija en el panteón.

—La reliquia está aquí, pero encontrarla será un desafío. Debemos movernos con cautela y estar atentos a cualquier señal.

Entraron al panteón, sus pasos resonando en el silencio. El sol comenzaba a ponerse, y las sombras se alargaban, creando un ambiente aún más inquietante. Tzitzimitl lideraba el camino, su bastón tocando el suelo en un ritmo constante.

Llegaron al famoso Árbol del Vampiro, un árbol viejo y retorcido que parecía vigilar el lugar con sus ramas extendidas como garras. Alejandro e Isabel sintieron un escalofrío al acercarse.

—Aquí es donde se cree que está enterrado e vampiro —dijo Tzitzimitl en voz baja—. Debemos proceder con cuidado.

Mientras inspeccionaban el área alrededor del árbol, una extraña neblina comenzó a rodearlos. La temperatura descendió, y un aire pesado llenó el ambiente. De repente, Alejandro sintió una presencia detrás de él. Al girarse, vio una figura elegante, vestida de charro negro con adornos dorados.

—Así que finalmente han llegado —dijo el Charro Negro con una sonrisa malévola—. He estado esperando este momento.

Alejandro se tensó, preparándose para lo peor.

—¿Quién eres? —preguntó, aunque ya conocía la respuesta.

El Charro Negro rio, su voz resonando en el aire como un eco siniestro.

—Soy Ignacio Bernal, el Charro Negro. Y ustedes están a punto de adentrarse en un terreno peligroso. No encontrarán la reliquia tan fácilmente.

Isabel dio un paso adelante, desafiando la presencia del Charro Negro.

—No nos asustas. Sabemos quién eres y lo que has hecho. No permitiremos que interfieras en nuestra misión.

El Charro Negro la miró con una mezcla de diversión y desprecio.

—Valiente, pero insensata. No tienen idea de lo que están enfrentando. Este panteón está lleno de espíritus que obedecen mis órdenes. Y no dudaré en usarlos contra ustedes.

Tzitzimitl levantó su bastón, dispuesto a proteger a sus compañeros.

—No subestimes nuestra determinación, Ignacio. Los dioses nos guían, y no permitiremos que tus oscuras intenciones nos detengan.

El Charro Negro retrocedió un paso, pero su sonrisa no se desvaneció.

—Muy bien. Que así sea. Pero recuerden, no estoy solo. Mis aliados en este panteón son numerosos y poderosos.

Con esas palabras, desapareció en la neblina, dejando a Alejandro, Isabel y Tzitzimitl en un silencio inquietante.

La noche avanzaba, y el panteón se volvía cada vez más oscuro y siniestro. Alejandro y sus compañeros continuaron su búsqueda, sabiendo que el tiempo era esencial. Mientras caminaban entre las tumbas y los mausoleos, comenzaron a escuchar susurros y murmullos en el aire.

—Los espíritus están inquietos —dijo Tzitzimitl—. Debemos ser rápidos.

Se acercaron al Árbol del Vampiro, donde notaron una pequeña abertura en la base del árbol. Alejandro se agachó para inspeccionarla más de cerca.

—Creo que la reliquia podría estar aquí —dijo, señalando la abertura.

Isabel asintió, pero antes de que pudieran actuar, una figura emergió de las sombras. Era el Charro Negro, acompañado por una horda de espíritus y bestias ancestrales.

—Les advertí que no sería fácil —dijo con una sonrisa siniestra—. Ahora enfrenten las consecuencias.

Alejandro e Isabel se prepararon para la batalla, sabiendo que este enfrentamiento sería crucial. Tzitzimitl comenzó a recitar un encantamiento, su voz resonando en el aire.

Los espíritus y las bestias avanzaron, sus ojos brillando con una luz oscura. Alejandro levantó la Piedra del Sol, su luz dorada iluminando el panteón y debilitando a los espíritus.

—¡Ahora, Isabel! —gritó Alejandro.

Isabel, con la Máscara de Jade de Tláloc, invocó una poderosa tormenta que azotó a las bestias y los espíritus, dispersándolos momentáneamente.

—¡Tzitzimitl, necesitamos más tiempo! —dijo Isabel, su voz firme y decidida.

El chamán continuó su encantamiento, creando un círculo de protección alrededor de ellos. El Charro Negro, furioso, avanzó hacia el grupo.

—¡No podrán detenerme! —gritó, sus ojos llenos de odio.

Alejandro, sin dejarse intimidar, se enfrentó al Charro Negro con determinación.

—¡No permitiremos que interfieras en nuestra misión! —dijo, sosteniendo la Piedra del Sol con firmeza.

La batalla fue intensa y feroz. Alejandro, Isabe y Tzitzimitl lucharon con todas sus fuerzas, utilizando las reliquias y sus habilidades para mantener a raya al Charro Negro y sus aliados. La luz de la Piedra del Sol y la tormenta invocada por la Máscara de Jade brillaban en la oscuridad, iluminando el panteón con un resplandor sobrenatural.

Finalmente, Tzitzimitl completó su encantamiento, creando una barrera que detuvo a los espíritus y las bestias.

—¡Rápido, Alejandro! —gritó Tzitzimitl—. ¡Busca la reliquia!

Alejandro se acercó a la abertura en la base del árbol y, con cuidado, la abrió. Dentro, encontró el Brazalete de Fuego de Huitzilopochtli, brillante y lleno de poder.

—¡Lo tengo! —dijo Alejandro, levantando el brazalete.

El Charro Negro, viendo que habían conseguido la reliquia, lanzó un último grito de furia antes de desaparecer en la neblina junto con sus aliados.

Alejandro sostuvo el brazalete en alto, sintiendo su energía pulsar a través de su cuerpo. Isabel y Tzitzimitl se acercaron rápidamente, sus rostros mostrando una mezcla de alivio y preocupación.

—Lo logramos —dijo Isabel, su voz temblando con la adrenalina aún corriendo por sus venas—. Pero sabemos que esto es solo el comienzo.

Tzitzimitl asintió, su expresión grave.

—El Charro Negro no se detendrá aquí. Hemos logrado una victoria, pero debemos estar preparados para enfrentarlo nuevamente. Su naturaleza insaciable y su odio hacia los guardianes lo convertirán en un adversario persistente.

Alejandro guardó el brazalete con cuidado, sabiendo que cada reliquia obtenida aumentaba su responsabilidad y los peligros que enfrentaban.

—Debemos estar siempre en guardia —dijo Alejandro, mirando a sus compañeros—. No podemos permitirnos bajar la guardia ni un momento.

El chamán asintió y les hizo un gesto para que lo siguieran fuera del Panteón de Belén. Ya afuera, el aire fresco de la noche les dio una bienvenida reconfortante después del ambiente opresivo del panteón.

—Hemos enfrentado muchos peligros hoy —dijo Tzitzimitl, mirando al horizonte—, pero también hemos aprendido mucho. Cada batalla nos hace más fuertes y nos acerca más a nuestro objetivo.

Alejandro e Isabel asintieron, sintiendo el peso de sus palabras. Sabían que su misión apenas comenzaba y que cada paso adelante traería nuevos desafíos.

Esa noche, mientras descansaban en un pequeño hotel en Guacalajara, Alejandro no podía dejar de pensar en el Charro Negro y la batalla en el panteón. Sabía que, aunque habían obtenido el brazalete, el verdadero enfrentamiento con el Charro Negro aún estaba por venir.

Isabel, que había notado la tensión en Alejandro, decidió hablar con él.

—Alejandro, ¿estás bien? —preguntó, sentándose a su lado en la cama—. Ha sido un día difícil, pero lo logramos.

Alejandro suspiró, sintiendo la presión y la responsabilidad.

—No puedo evitar pensar en lo que nos dijo Tzitzimitl. El Charro Negro es un enemigo formidable y no se detendrá hasta que haya logrado su objetivo. No quiero que nadie más salga lastimado por mi culpa.

Isabel tomó la mano de Alejandro, su toque reconfortante.

—Estamos juntos en esto, Alejandro. Sabemos que será difícil, pero tenemos la fuerza y la determinación para enfrentarlo. Y siempre tendremos a Tzitzimitl para guiarnos.

Alejandro miró a Isabel, sintiendo una mezcla de gratitud y miedo. Sabía que el camino por delante sería peligroso, pero también sabía que no estaba solo.

—Tienes razón, Isabel. Juntos, podemos enfrentar cualquier cosa.

A la mañana siguiente, se reunieron con Tzitzimitl para discutir sus próximos pasos. La victoria en el Panteón de Belén les había dado la confianza que necesitaban, pero también les recordaba la magnitud de su misión.

—Debemos continuar con nuestra búsqueda —dijo Tzitzimitl, señalando el mapa extendido sobre la mesa—. Cada reliquia que obtengamos nos dará una ventaja, pero también atraerá más peligro. El Charro Negro y otros espíritus oscuros no se rendirán fácilmente.

Isabel miró el mapa, sus ojos brillando con determinación.

—Lo sabemos, pero estamos preparados. Seguiremos adelante, enfrentando cada desafío juntos.

Alejandro asintió, su mirada fija en el mapa.

—Nuestro próximo destino debe ser elegido con cuidado. Debemos estar preparados para lo que venga, pero también ser estratégicos en nuestra búsqueda.

Tzitzimitl asintió, su expresión grave pero confiada.

—Así es, Alejandro. Nuestra misión es difícil, pero no imposible. Con cada paso que demos, aprenderemos y nos fortaleceremos. Debemos confiar en los dioses y en nosotros mismos.

Antes de partir, decidieron tomarse un momento para reflexionar y prepararse mentalmente para lo que vendría. Alejandro se dirigió a un pequeño parque cercano, buscando un momento de tranquilidad. Se sentó en un banco, mirando a los árboles y respirando profundamente.

—Alejandro —la voz de Tzitzimitl lo sacó de sus pensamientos. El chamán se acercó y se sentó a su lado—. Quería hablar contigo antes de que sigamos adelante.

Alejandro asintió, mirando al chamán con respeto.

—Claro, Tzitzimitl. ¿Qué sucede?

Tzitzimitl miró a Alejandro con una expresión de sabiduría y comprensión.

—He visto la carga que llevas sobre tus hombros, Alejandro. Es un peso grande, pero no tienes que llevarlo solo. Confía en Isabel, confía en mí, y confía en ti mismo. Juntos, somos más fuertes.

Alejandro sintió una oleada de gratitud por las palabras del chamán.

—Lo sé, Tzitzimit. Prometo que haré todo lo posible para mantenernos unidos y fuertes.

Tzitzimitl sonrió ligeramente.

—Esa es la actitud correcta. Recuerda siempre que los dioses nos guían y que cada desafío que enfrentamos es una oportunidad para aprender y crecer.

Con renovada determinación, Alejandro, Isabel y Tzitzimitl se prepararon para continuar su misión. Sabían que el Charro Negro y otros espíritus oscuros estarían siempre al acecho, pero también sabían que tenían la fuerza y la sabiduría para enfrentarlos.

El viaje de los guardianes proseguía, y con cada reliquia que obtenían, se acercaban más a restaurar el equilibrio y proteger su mundo. Alejandro sentía que, a pesar de los peligros, estaban en el camino correcto. Con Isabel a su lado y Tzitzimitl guiándolos, estaba listo para enfrentar cualquier adversidad que el destino les deparara.

El camino hacia su próxima reliquia sería largo y lleno de desafíos, pero Alejandro sabía que juntos, podían superar cualquier obstáculo. La búsqueda continuaba, y con cada paso, se acercaban más a su verdadero destino como guardianes.

Capítulo 10: La Leyenda del Charro Negro

Mi nombre es Ignacio Bernal, y esta es la historia de cómo me convertí en el Charro Negro. Mi vida comenzó en la cúspide de la sociedad, rodeado de lujos y comodidades, pero también de carencias emocionales que fueron moldeando mi carácter. Nací en una familia acaudalada de Guadalajara. Mis primeros años estuvieron llenos de opulencia: vastas haciendas, finos caballos y los mejores juguetes que el dinero podía comprar.

Mis padres, aunque amorosos, estaban siempre ocupados con sus negocios. A menudo me encontraba solo en nuestra mansión, mis únicos amigos eran los sirvientes y los animales que corrían libremente por nuestras tierras. Mi padre, un hombre de negocios exitoso, me inculcó un fuerte sentido del deber y del honor, pero su tiempo conmigo era limitado. Mi madre, una mujer elegante y carismática, me enseñó el valor de las apariencias y la importancia de mantener la dignidad a toda costa.

Recuerdo claramente el día que cambió mi vida para siempre. Tenía doce años, y mis padres y yo habíamos ido a misa, como hacíamos cada domingo. Al salir de la iglesia, fuimos emboscados. Un grupo de hombres armados atacó a mis padres. Todo sucedió tan rápido que apenas tuve tiempo de reaccionar. Los disparos resonaron en mis oídos y, en un instante, mis padres yacían en el suelo, sin vida.

La tragedia que me arrebató a mis padres dejó una cicatriz profunda en mi alma. Fui llevado a casa de mi tío, un hombre que no había mostrado más que desprecio hacia mí desde que tenía uso de razón. Su nombre era Rodrigo, y desde el primer momento en que crucé el umbral de su casa, supe que mi vida cambiaría para peor.

Rodrigo era un hombre ambicioso y sin escrúpulos. Su mirada siempre estaba fría y calculadora, y nunca perdía una oportunidad para recordarme que, en su casa, yo no era más que una carga. Los primeros días en su hogar fueron un infierno. Me trataba con desprecio y crueldad, y no había ni rastro de la calidez que había conocido en mi propia casa.

Una noche, escuché a Rodrigo hablar con sus socios. Planeaban deshacerse de mí para quedarse con la fortuna de mis padres. Mi tío, con una sonrisa maliciosa, trazó un plan para hacerme pasar por muerto. El plan era simple pero efectivo: me llevarían a una de nuestras haciendas remotas y fingirían un accidente.

El día del accidente llegó más rápido de lo que había anticipado. Rodrigo me llevó a cabalgar, una actividad que solíamos hacer en mi antigua vida. En un momento, nos acercamos a un acantilado. Sin previo aviso, Rodrigo hizo que su caballo se encabritara y simulara un desbocamiento, empujándome con él hacia el borde. Logré sujetarme de una raíz, pero vi cómo el caballo caía al barranco. Rodrigo gritó, fingiendo desesperación, y corrió hacia el pueblo, anunciando mi supuesta muerte.

En el caos que siguió, aproveché para escapar. Herido y asustado, me escondí en las calles de Guadalajara, donde la vida me golpeó con una brutalidad que nunca había conocido. Vivía entre los callejones, mendigando para sobrevivir, y con cada día que pasaba, mi odio hacia Rodrigo crecía. Los años en la calle me endurecieron. Aprendí a robar, a engañar y a luchar por mi vida. La amargura y el rencor se convirtieron en mis compañeros constantes.

Cuando finalmente llegué a la adultez, encontré trabajo en el Panteón de Belén como enterrador. No era una vida fácil, pero me permitió sobrevivir. Pasaba mis días cavando tumbas y mis noches bebiendo en la cantina local, intentando ahogar mi dolor y mis frustraciones en alcohol. A menudo, me quedaba dormido sobre el mostrador, deseando una vida diferente, anhelando recuperar lo que una vez fue mío.

Una noche, después de un día especialmente duro, me encontraba en la cantina, bebiendo más de lo habitual. La desesperación se apoderó de mí, y en un arrebato de frustración, le dije al cantinero:

—Haría lo que fuera por volver a ser rico, lo que fuera.

Mis palabras atrajeron la atención de un hombre que estaba sentado en la esquina, un hombre que nunca antes había visto. Era elegante, vestido con un imponente traje de charro negro, y su presencia irradiaba una oscuridad que me puso los pelos de punta. Al salir de la cantina, me interceptó.

—¿Es verdad que harías lo que fuera? —preguntó con una voz suave pero cargada de poder.

Tambaleándome, lo miré y respondí:

—Sí, lo haría.

El charro sonrió, una sonrisa que no alcanzó sus ojos.

—¿Estás seguro de que harías lo que fuera?

Sentía la desesperación quemar dentro de mí. Había perdido todo y estaba dispuesto a hacer cualquier cosa para recuperar lo que una vez fue mío.

—Lo que maldita sea. Le vendería mi alma al mismo diablo si fuera necesario.

Su risa fría y siniestra resonó en el aire.

—Entonces toma esta bolsa de monedas. Si logras gastarlas todas en un solo día, al día siguiente la bolsa se llenará de nuevo. Solo hay una condición: debes acabar con todas las monedas y no puedes hacer obras buenas con ellas. Recuerda, Ignacio, un día volveré a cobrarte las monedas. Y debes estar listo.

Quedé inconsciente en el acto, y cuando desperté a la mañana siguiente en mi catre en el panteón, encontré la bolsa a mi costado. La abrí y vi que estaba repleta de monedas de oro. Recordando la conversación de la noche anterior, decidí probar mi suerte. Gasté hasta la última moneda ese día, y al día siguiente, la bolsa se llenó nuevamente.

Al principio, no podía creer mi suerte. Decidí poner a prueba la bolsa de monedas, gastándolas en todo lo que alguna vez había soñado. Con la primera bolsa, compré joyas, comida, alcohol y mujeres. Volví a disfrutar de los lujos que había perdido: adquirí propiedades, compré los caballos más finos, y vestí los trajes más elegantes. Mi vida se convirtió en una fiesta interminable, llena de excesos y placeres.

Pero con cada moneda gastada, algo dentro de mí se pudría. El poder del dinero comenzó a corromper mi alma. Mi espíritu, ya lleno de resentimiento, se fue oscureciendo aún más. Mis pensamientos se volvieron cada vez más oscuros, y mi deseo de venganza creció.

Al tercer día, decidí que era hora de recuperar lo que me había sido arrebatado. Utilicé la bolsa de monedas para contratar a un grupo de hombres despiadados que me ayudarían a ejecutar mi venganza. Juntos, nos dirigimos a la hacienda de mi tío Rodrigo. La rabia y el odio que sentía hacia él me dieron fuerzas.

Llegamos a la hacienda en la oscuridad de la noche. Mis hombres y yo irrumpimos en la casa, encontrando a Rodrigo en su estudio, rodeado de los bienes que me había robado. Su expresión de sorpresa y miedo me dio una satisfacción indescriptible.

—Ignacio... ¿cómo es posible? —balbuceó, retrocediendo hacia la pared.

Me acerqué a él, disfrutando de su terror.

—Rodrigo, ha llegado el día de pagar por tus crímenes. Me robaste todo, y ahora yo te lo quitaré todo.

Sin piedad, ordené a mis hombres que lo llevaran al sótano. No tuvo oportunidad de defenderse. Lo amarramos y lo dejamos allí, para que reflexionara sobre sus actos mientras tomábamos control de la hacienda. El siguiente paso fue asegurarme de que nadie cuestionara mi regreso. Soborné a las autoridades locales con las monedas de oro, asegurándome de que mi historia fuera aceptada sin problemas.

Mi tío, se quedo apresado en el sótano, donde lo torture día tras día, hasta que los dioses tuvieron compasión de el; una noche llegué ebrio como de costumbre, decidido a torturarlo hasta el hartazgo, al bajar las escaleras, el hedor reveló su muerte. Me deshice del cadáver y nadie en el pueblo volvió a saber de su existencia.

Con la hacienda de mis padres recuperada, me sentí invencible. Mi vida se llenó de excesos aún mayores. Organizaba fiestas lujosas, invitaba a los personajes más influyentes de la sociedad y me rodeaba de mujeres y placeres. Cada noche, bebía hasta el amanecer y disfrutaba de la vida que había soñado recuperar.

Pero a medida que mi fortuna crecía, también lo hacía mi paranoia. Sabía que el charro negro regresaría algún día para reclamar su deuda. Cada vez que gastaba una moneda, sentía que estaba un paso más cerca de mi condena. Mi alma se volvía más oscura y mi corazón más frío.

La primera vez que el charro negro regresó, estaba en una de mis fiestas. Todos estaban disfrutando del banquete y del entretenimiento cuando sentí su presencia. Se acercó a mí con la misma sonrisa maliciosa.

—Ignacio, ha llegado el momento de pagar tu deuda —dijo, su voz resonando en mi mente.

Intenté escapar, corriendo a través de los pasillos de la hacienda. Mis invitados, desconcertados, me miraban sin comprender. Logré llegar a la capilla y me refugié detrás de las cruces que había mandado construir. El charro negro se detuvo ante la puerta, su figura oscura contrastando con la luz de las velas. Sabía que no podía tocarme mientras estuviera rodeado de las cruces, pero también sabía que esto no duraría para siempre.

—Ignacio, no puedes esconderte para siempre —dijo, su voz resonando con un eco siniestro—. Un día saldrás de aquí, y entonces, te llevaré conmigo.

Esa noche, permanecí despierto, temblando de miedo y odio. Sabía que mi tiempo se estaba acabando, y que cada día que pasaba me acercaba más a mi destino inevitable. Pero la codicia y el deseo de venganza me habían consumido por completo. No podía permitir que el charro negro me arrebatara lo que había recuperado con tanto esfuerzo.

El miedo se convirtió en paranoia. Empecé a ver al charro negro en todas partes. Sus ojos oscuros y su sonrisa maliciosa me perseguían en sueños y en vigilia. Aumenté la seguridad en la hacienda, contratando a más guardias y rodeando la propiedad con símbolos religiosos. Pero nada podía calmar mi espíritu atormentado.

A pesar del miedo, continué con mi vida de excesos. La bolsa de monedas seguía llenándose cada día, y con cada moneda que gastaba, sentía que mi alma se desintegraba un poco más. Las fiestas eran cada vez más opulentas, los banquetes más extravagantes, y las mujeres más numerosas. Pero nada de eso podía llenar el vacío que crecía dentro de mí.

Una noche, fui invitado a una fiesta en la ciudad. Decidí asistir, con la esperanza de distraerme de mis temores. Me puse mi mejor traje de charro, uno negro con adornos dorados, y salí a la fiesta. La música, las risas y el ruido de la celebración me envolvieron, y por un momento, olvidé el encuentro con el ser malévolo.

Pero justo cuando llegué a un cruce de caminos, el charro negro apareció frente a mí. Su sonrisa era más siniestra que nunca, y sus ojos brillaban con un fuego oscuro.

—Ignacio, ha llegado el momento —dijo, acercándose lentamente—. No puedes escapar de tu destino.

Intenté correr, pero mis piernas no respondían. Sentí una fuerza invisible que me retenía, impidiéndome moverme. El charro negro extendió su mano, y su voz resonó en mi mente:

—Jamás llegarás ni al cielo ni al infierno. No morirás hasta que encuentres a alguien tan codicioso como tú y le entregues la bolsa de monedas de oro.

La maldición cayó sobre mí como un peso insoportable. Sentí que mi alma se rompía en mil pedazos, y supe que estaba condenado a vagar eternamente. Mi cuerpo se desvaneció, y me convertí en una sombra, un espíritu atrapado entre el mundo de los vivos y los muertos.

Desde entonces, he vagado por la tierra, mi poder creciendo con mi odio y rencor. He enfrentado a los guardianes en dos ocasiones, pero nunca han logrado sellarme ni derrotarme. Mi poder aumenta con cada encuentro, alimentado por mi odio hacia aquellos que intentan detenerme.

Mi primer enfrentamiento con los guardianes ocurrió poco después de ser maldecido. Los guardianes, alertados por los dioses, intentaron sellar mi espíritu en un ritual complejo y peligroso. Pero con mi astucia y mi recién descubierto poder, logré escapar, dejando a los guardianes con la amarga sensación de haber fracasado.

El segundo enfrentamiento fue aún más brutal. Los guardianes, mejor preparados y con un nuevo plan, intentaron atraparme en el Panteón de Belén. La batalla fue feroz, y aunque lograron debilitarme, nuevamente escapé, mi odio y rencor incrementados por la frustración de haber sido casi capturado.

Cada fracaso solo ha servido para aumentar mi poder. Ahora comando una legión de espíritus oscuros y bestias ancestrales, utilizando mi influencia para sembrar el caos y el terror. Mi objetivo es claro: deshacerme de los guardianes y gobernar la tierra con mi maldad.

Durante mis años de vagabundeo, he visto a la humanidad en su peor y mejor estado. He observado guerras, plagas y hambrunas, y cada evento solo ha servido para endurecer mi corazón. Mis poderes han crecido con el paso del tiempo, y ahora puedo controlar a los espíritus y las bestias que me rodean. Ellos obedecen mis órdenes, y juntos, sembramos el caos donde quiera que vamos.

He buscado a alguien tan codicioso como yo para pasarle la bolsa de monedas, pero hasta ahora, no he tenido éxito. La maldición que pesa sobre mí es un recordatorio constante de mi codicia y mi desesperación. Estoy atrapado en un ciclo interminable de odio y venganza, incapaz de encontrar la paz.

Recuerdo con claridad los momentos en que enfrenté a los guardianes. La primera vez, fue en una noche oscura y tormentosa. Los guardianes, alertados por los dioses, intentaron sellar mi espíritu en un ritual complejo y peligroso. Utilizaron antiguas reliquias y encantamientos poderosos, pero mi odio y rencor eran demasiado fuertes. Logré romper el sello y escapar, dejando a los guardianes con la amarga sensación de haber fracasado.

El segundo enfrentamiento fue aún más brutal. Los guardianes, mejor preparados y con un nuevo plan, intentaron atraparme en el Panteón de Belén. La batalla fue feroz. Espíritus oscuros y bestias ancestrales se enfrentaron a los guardianes en una lucha que resonó a través del tiempo y el espacio. Aunque lograron debilitarme, nuevamente escapé, mi odio y rencor incrementados por la frustración de haber sido casi capturado.

Cada encuentro con los guardianes solo ha servido para aumentar mi poder. Mi conexión con las fuerzas oscuras se ha fortalecido, y mi influencia ha crecido. Ahora, comando una legión de espíritus y bestias que obedecen mis órdenes. Juntos, sembramos el caos y el terror, y mi nombre se ha convertido en una leyenda oscura que inspira miedo en los corazones de los hombres.

Mi objetivo es claro: deshacerme de los guardianes y gobernar la tierra con mi maldad. No permitiré que nadie se interponga en mi camino. Mi odio y rencor no conocen límites, y con cada día que pasa, mi poder crece. Soy el Charro Negro, el hombre que vendió su alma por una bolsa de monedas y que ahora vaga eternamente en busca de venganza.

Esta es mi historia, una historia de codicia, desesperación y venganza. Fui un niño inocente, traicionado por mi propia familia y consumido por el odio. Hice un pacto con el diablo y pagué el precio más alto. Ahora, estoy atrapado en un ciclo interminable de odio y venganza, incapaz de encontrar la paz.

Soy Ignacio Bernal, el Charro Negro, y mi historia está lejos de terminar. Los guardianes pueden intentar detenerme, pero nunca podrán sellar mi espíritu. Mi poder es infinito, y mi venganza será eterna.

Capítulo 11: La Tumba de la Llorona

Alejandro, Isabel y Tzitzimitl se preparaban para otro viaje crucial en su búsqueda de las reliquias. Esta vez, su destino era Guanajuato, donde, según Tzitzimitl, se encontraba la tumba de la Llorona. Su objetivo era el Collar de Cuentas de Coatlicue, una reliquia que, según las leyendas, estaba resguardada por el espíritu mismo de la Llorona.

El viaje de Guadalajara a Guanajuato sería largo, pero el chamán les aseguró que era la reliquia más cercana y la siguiente pieza vital en su misión. Alejandro y Isabel no dudaron en seguir su consejo, confiando en la sabiduría y experiencia de Tzitzimitl.

Mientras el coche avanzaba por la carretera, Alejandro no pudo evitar la curiosidad y preguntó:

—Tzitzimitl, ¿por qué Guanajuato? ¿Qué hace esta reliquia tan especial?

El chamán miró a Alejandro con una expresión grave antes de responder.

—Guanajuato es un lugar cargado de historia y leyendas, Alejandro. El Collar de Cuentas de Coatlicue es una de las reliquias más poderosas. Está guardado por el espíritu de la Llorona, uno de los espectros más temidos y conocidos de nuestra cultura. Debemos enfrentarnos a ella para obtener la reliquia.

Isabel, intrigada, se unió a la conversación.

—Siempre pensé que solo había una Llorona. ¿Cómo es posible que haya más de un espíritu?

Tzitzimitl asintió, preparado para explicar.

—La Llorona no es solo un espíritu, sino una clase de espectro. El término "Llorona" se aplica a los espíritus de mujeres que han perdido a sus hijos de manera horrible o violenta. Por eso hay muchas Lloronas, no solo en México, sino en todo el mundo. Sin embargo, el espíritu que enfrentaremos en Guanajuato es el de la Llorona original, la más poderosa de todas.

Alejandro se recostó en su asiento, tratando de procesar la información.

—¿Y cuál es la historia de la Llorona original?

Tzitzimitl comenzó a relatar la clásica historia, su voz resonando con una mezcla de solemnidad y respeto.

—Hace muchos años, en la época de la colonización, había una mujer indígena de gran belleza. Se enamoró de un español, y juntos tuvieron tres hijos. Pero el amor del español no era sincero. La engañó con otra mujer y finalmente regresó a España, abandonándola. En un arrebato de ira y desesperación, la mujer llevó a sus hijos al río y los ahogó. Inmediatamente después, se dio cuenta de lo que había hecho y se sumergió en un profundo dolor y arrepentimiento.

Isabel sintió un nudo en la garganta al escuchar la trágica historia.

—¿Qué pasó después? —preguntó, con la voz apenas un susurro.

—La diosa Coatlicue se le apareció y la maldijo a vagar por la tierra hasta encontrar las almas de sus hijos y pedirles perdón. Desde entonces, su espíritu ha buscado a sus hijos, llorando y lamentando su destino. Su dolor y arrepentimiento la han convertido en una entidad poderosa y temida, conocida como la Llorona.

Alejandro e Isabel escucharon en silencio, comprendiendo la magnitud del espíritu al que debían enfrentarse. La carretera se extendía ante ellos, llevándolos cada vez más cerca de su destino y de la confrontación inevitable con la Llorona.

Llegaron a Guanajuato en punto de las doce del mediodía. La ciudad, con sus calles empedradas y edificios coloniales, emanaba un aire de misterio y antigüedad. La sombra de las montañas circundantes añadía una capa de oscuridad, presagiando el desafío que les aguardaba.

La hacienda Los Siete Reales, donde se encontraba la tumba de la Llorona, estaba situada en un plantío de maíz, a lo largo de la carretera que va de Guanajuato a Dolores Hidalgo. Alejandro estacionó el coche cerca de la entrada, y los tres descendieron, sintiendo el peso del lugar sobre ellos.

—Debemos explorar la tumba durante el día —dijo Tzitzimitl—. La noche es cuando los espíritus son más activos y peligrosos.

Caminaron entre los altos tallos de maíz, que crujían suavemente bajo la brisa del mediodía. El aire estaba cargado de una energía inquietante, y cada sombra parecía esconder un secreto. Finalmente, llegaron a una tumba más grande y ornamentada que las demás. La inscripción en la piedra, aunque desgastada, aún era legible: "La Llorona".

—Aquí es —dijo Tzitzimitl, su voz apenas un susurro.

Alejandro, Isabel y el chamán comenzaron a inspeccionar la tumba. Buscaron pistas, señales de la reliquia, cualquier cosa que pudiera guiarlos. Pero no encontraron nada más que el silencio y la inquietante sensación de ser observados.

—No hay rastro del collar —dijo Isabel, frustrada.

—Quizás esté escondido en algún lugar cercano —sugirió Alejandro—. Necesitamos más tiempo para buscar.

Tzitzimitl asintió, pero su rostro reflejaba preocupación.

—Debemos ser cautelosos. La noche se acerca, y este lugar no es seguro después del anochecer. Vamos a encontrar un lugar donde hospedarnos y planear nuestro siguiente movimiento.

Encontraron un pequeño hotel en el centro de Guanajuato. El edificio, aunque antiguo, tenía un encanto acogedor. Se registraron y se dirigieron a sus habitaciones, donde decidieron discutir su próximo paso.

El dueño del hotel, un hombre mayor con una mirada sagaz, se acercó a ellos mientras tomaban un café en el pequeño comedor.

—He oído que están interesados en la hacienda Los Siete Reales —dijo, su voz ronca por los años—. ¿Puedo preguntar por qué?

Alejandro intercambió una mirada con Isabel y Tzitzimitl antes de responder.

—Estamos investigando algunas leyendas locales, en particular la de la Llorona.

El rostro del dueño se ensombreció.

—La Llorona... es una leyenda poderosa y aterradora. Se dice que su espíritu deambula por la hacienda cada noche, buscando a sus hijos. Los que la ven enloquecen o envejecen de inmediato, y son atormentados hasta la muerte.

Isabel sintió un escalofrío recorrer su espalda.

—¿Hay algo que podamos hacer para protegernos? —preguntó.

El dueño del hotel asintió lentamente.

—Algunas personas dicen que llevar amuletos de protección puede ayudar. Cruces, rosarios, cosas así. Pero nada es completamente seguro contra un espíritu tan poderoso.

Tzitzimitl se inclinó hacia adelante, con la mirada fija en el dueño del hotel.

—Tenemos algunas reliquias que podrían servir como amuletos. Usaremos esas para protegernos.

El dueño del hotel asintió, aunque su expresión seguía siendo grave.

—Les deseo suerte. Pocas personas han enfrentado a la Llorona y vivido para contarlo.

Esa noche, mientras se preparaban para salir de nuevo a la hacienda, Alejandro, Isabel y Tzitzimitl se aseguraron de llevar consigo las reliquias que ya habían obtenido. La Piedra del Sol de Tonatiuh, la Máscara de Jade de Tláloc y el Brazalete de Fuego de Huitzilopochtli. Cada una de estas reliquias les proporcionaría protección y poder contra la Llorona.

—Usaremos estas reliquias como amuletos —dijo Tzitzimitl, entregándoles a Alejandro e Isabel las piezas que ya habían recogido—. La maldición de la Llorona no nos alcanzará si las llevamos con nosotros.

Alejandro sintió el peso de la Piedra del Sol en su bolsillo, su luz dorada brillando débilmente en la oscuridad.

—Estamos listos —dijo, con determinación en su voz—. Vamos a encontrar el collar y enfrentarnos a la Llorona.

Isabel asintió, su mirada fija y resuelta.

—Juntos podemos hacerlo. No podemos permitir que el espíritu de la Llorona nos derrote.

Con sus corazones llenos de coraje y determinación, los tres salieron del hotel y se dirigieron de nuevo a la hacienda Los Siete Reales. La noche era oscura, y las sombras se alargaban bajo la luz de la luna. Sabían que la verdadera prueba estaba por comenzar.

La hacienda Los Siete Reales era aún más inquietante de noche. Los altos tallos de maíz proyectaban sombras siniestras, y el aire estaba cargado de una energía opresiva. Alejandro, Isabel y Tzitzimitl avanzaron con cautela, sus pasos resonando en el silencio.

Llegaron nuevamente a la tumba de la Llorona, y esta vez, Alejandro sintió una presencia más fuerte, como si algo los estuviera observando desde las sombras.

—Está aquí —susurró, su voz apenas audible.

Tzitzimitl asintió.

—Lo sé. Debemos estar preparados para enfrentarnos a ella. Mantengan las reliquias cerca y no dejen que el miedo los domine.

El chamán comenzó a recitar un encantamiento, su voz firme y resonante. La luz de las reliquias brillaba intensamente, iluminando el plantío de maíz a su alrededor. Alejandro, Isabel y Tzitzimitl se mantuvieron cerca, conscientes de la presencia que los rodeaba.

Mientras se preparaban, Alejandro no pudo evitar recordar lo que había leído sobre la Llorona en el antiguo libro que llevaba consigo. La descripción del espíritu era aterradora y detallada.

La Llorona era un espectro de apariencia etérea y fantasmagórica. Su figura, aunque inicialmente parecía la de una mujer normal, se transformaba al acercarse. Su cabello, largo y negro, caía en desordenadas hebras, ocultando parcialmente un rostro desgarrado por el dolor y la desesperación. Sus ojos eran pozos vacíos de tristeza infinita, brillando con una luz espectral que reflejaba su eterna búsqueda y arrepentimiento.

Vestía un traje blanco, ahora desgarrado y sucio, que una vez había sido hermoso. El vestido se movía como si estuviera bajo el agua, flotando y ondeando con cada movimiento. Alrededor de su cuello, brillaba débilmente el Collar de Cuentas de Coatlicue, un contraste sombrío con su figura atormentada. Sus manos, delgadas y huesudas, se extendían hacia adelante, como si intentara alcanzar algo que siempre estaba fuera de su alcance.

El libro también mencionaba su voz, un lamento doloroso que podía hacer que cualquiera que la escuchara se llenara de una tristeza insondable. Su grito, "¡Ay, mis hijos!", resonaba en la noche, infundiendo miedo en el corazón de quienes lo escuchaban. Aquellos que se encontraban con la Llorona a menudo caían en la locura, envejecían instantáneamente, o eran atormentados hasta su muerte.

Alejandro, recordando estos detalles, sintió un escalofrío recorrer su espalda. Sabía que enfrentarse a la Llorona no sería una tarea fácil. Mientras continuaban avanzando, Isabel rompió el silencio con una pregunta:

—Tzitzimitl, ¿cómo podemos derrotarla? ¿Es posible liberarla de su maldición?

El chamán, sin dejar de recitar su encantamiento, respondió:

—La Llorona es un espíritu atrapado por su propio dolor y arrepentimiento. Liberarla no es imposible, pero es extremadamente difícil. Debemos encontrar una manera de calmar su espíritu y ayudarla a encontrar paz. Solo así podremos obtener el Collar de Cuentas de Coatlicue.

Mientras exploraban el plantío de maíz alrededor de la tumba, notaron que la temperatura comenzaba a descender rápidamente. La niebla se levantaba del suelo, creando un ambiente aún más siniestro. De repente, una luz débil y azulada apareció en la distancia, justo en el lugar donde se encontraba la tumba.

Alejandro se detuvo, señalando la luz.

—Miren, esa luz... Debe ser la reliquia.

Isabel y Tzitzimitl siguieron su mirada. La luz parecía moverse suavemente, como si fuera guiada por una mano invisible.

—Debemos acercarnos con cuidado —dijo Tzitzimitl—. La Llorona podría estar protegiendo la reliquia de intrusos.

A medida que avanzaban, el lamento característico de la Llorona resonó en el aire, llenando el espacio con un dolor agónico. La voz parecía venir de todas direcciones a la vez, envolviéndolos en su tristeza.

—¡Ay, mis hijos! —gritaba el espectro, su voz quebrándose en un eco interminable.

Alejandro sintió un nudo en el estómago. Sabía que estaban cerca, pero también sabía que debían proceder con extrema precaución.

Finalmente, llegaron a la fuente de la luz. La tumba de la Llorona estaba justo delante de ellos, iluminada por la luz azulada que emanaba del Collar de Cuentas de Coatlicue. El collar flotaba en el aire, suspendido por una fuerza invisible, brillando con un resplandor etéreo.

De repente, una figura apareció delante de ellos. La Llorona, con su vestido blanco flotando a su alrededor, se materializó en la niebla. Su rostro, marcado por el dolor y el arrepentimiento, se volvió hacia ellos, sus ojos vacíos fijos en Alejandro, Isabel y Tzitzimitl.

—¿Quiénes son ustedes que osan perturbar mi descanso? —preguntó, su voz resonando con una mezcla de tristeza y furia.

Alejandro sintió un escalofrío recorrer su cuerpo, pero se obligó a mantenerse firme.

—Venimos en busca del Collar de Cuentas de Coatlicue —dijo, su voz fuerte y clara—.

Necesitamos la reliquia para proteger este mundo del mal que lo amenaza.

La Llorona flotó hacia ellos, su figura etérea moviéndose con una gracia espectral. Sus manos se extendieron hacia adelante, como si intentara tocar a Alejandro, pero se detuvo a medio camino.

—El collar es mi carga y mi maldición —dijo—. Solo aquellos que pueden calmar mi espíritu y liberar mi alma pueden reclamarlo.

Isabel dio un paso adelante, su mirada llena de compasión.

—Llorona, entendemos tu dolor. Queremos ayudarte a encontrar la paz. ¿Cómo podemos liberarte de tu maldición?

El espectro de la Llorona pareció titubear, su figura temblando como si estuviera a punto de desvanecerse.

—Debéis ayudarme a encontrar a mis hijos —dijo finalmente—. Solo entonces podré descansar.

Alejandro asintió, comprendiendo la magnitud de la tarea.

—Lo haremos. Te ayudaremos a encontrar a tus hijos y a liberarte de tu maldición.

La Llorona retrocedió, su figura comenzando a desvanecerse en la niebla.

—Buscad en el río, donde perdí a mis hijos. Allí encontraréis las respuestas que buscáis.

Con esas palabras, desapareció, dejando atrás solo el eco de su lamento.

Mientras el grupo se preparaba para regresar al hotel y planear su próximo movimiento, Alejandro no podía dejar de pensar en la historia de la Llorona y el dolor que la había llevado a su destino actual. Sabía que liberar su alma no sería fácil, pero también sabía que era la única manera de obtener el Collar de Cuentas de Coatlicue.

De vuelta en el hotel, se sentaron en el pequeño comedor para discutir lo que habían aprendido. El dueño del hotel se les unió, trayendo consigo tazas de café caliente.

—¿Encontraron algo? —preguntó, su voz llena de curiosidad.

Alejandro asintió.

—Sí. Hablamos con la Llorona. Nos dijo que debemos ayudarla a encontrar a sus hijos para poder liberar su alma y reclamar la reliquia.

El dueño del hotel se quedó en silencio por un momento, luego asintió lentamente.

—He oído muchas historias sobre la Llorona, pero nunca pensé que alguien pudiera intentar ayudarla. Les deseo la mejor de las suertes. Si necesitan algo, no duden en pedirlo.

Tzitzimitl, con su expresión solemne, agradeció al dueño del hotel y se volvió hacia Alejandro e Isabel.

—Mañana, iremos al río. Debemos estar preparados para enfrentar cualquier desafío que encontremos.

Capítulo 12: Un Viaje a la Oscuridad

Al día siguiente, Alejandro, Isabel y Tzitzimitl se dirigieron al río donde la Llorona había perdido a sus hijos. El lugar, aunque hermoso y tranquilo, estaba cargado de una energía oscura y melancólica. Habían pasado siglos desde aquella tragedia, y no había ninguna señal de lo que había sucedido allí. Solo el murmullo del agua y el susurro del viento parecían recordar el doloroso lamento de la Llorona.

—No hay nada aquí —dijo Isabel, su voz reflejando la frustración y el desánimo.

Alejandro asintió, sintiendo lo mismo.

—Tal vez estamos buscando en el lugar equivocado —sugirió Tzitzimitl—. A veces, las respuestas que buscamos no están en el lugar, sino en las historias que se cuentan sobre él.

Regresaron al hotel, sintiéndose un poco derrotados. Mientras se sentaban en el comedor, discutiendo sus opciones, un extraño hombre se les acercó. Parecía viejo, con ropas andrajosas y una mirada astuta en sus ojos.

—Escuché su dilema —dijo el hombre, su voz rasposa y llena de experiencia—. Tal vez pueda ayudarles.

Alejandro, Isabel y Tzitzimitl se miraron, sorprendidos.

—¿Quién eres? —preguntó Alejandro, su tono cauteloso.

El hombre sonrió ligeramente.

—Solo un viajero que ha visto y oído muchas cosas. Hay una cueva en la sierra de Durango donde habita un anciano que ha vivido mucho tiempo y conoce muchas historias antiguas. Tal vez él pueda darles las respuestas que buscan

Alejandro frunció el ceño, interesado pero también escéptico.

—¿Cómo encontramos esa cueva?

El hombre sacó un mapa arrugado de su bolsillo y se lo entregó a Alejandro.

—Este mapa los llevará a la cueva. Pero deben saber que esa cueva solo se abre durante unos cuantos días al año. Después de eso, se cierra hasta el próximo año. Esa es la fuente de la longevidad del anciano.

Tzitzimitl, aunque intrigado, expresó sus dudas.

—Este viaje puede ser muy peligroso. Pero sé que una de las reliquias también está en Durango. Así que quizás valga la pena el riesgo.

Alejandro, decidido a seguir cualquier pista que los acercara a su objetivo, asintió.

—Entonces nos dirigiremos a Durango.

Partieron al amanecer, con el mapa en mano y una determinación renovada. La carretera hacia Durango era larga y sinuosa, y la atmósfera se volvía cada vez más opresiva a medida que avanzaban. El paisaje, aunque hermoso, estaba cargado de un aire de misterio y peligro.

El sol comenzó a ponerse, y la oscuridad de la noche se apoderó del camino. Alejandro conducía con cuidado, sus ojos fijos en la carretera mientras Isabel y Tzitzimitl revisaban el mapa.

—Estamos cerca de la mitad del camino —dijo Isabel, señalando un punto en el mapa—. Si seguimos así, llegaremos a la cueva al amanecer.

De repente, un escalofrío recorrió el cuerpo de Alejandro. Sintió una presencia oscura, y antes de que pudiera reaccionar, el Charro Negro apareció en medio de la carretera, sus ojos brillando con una luz maligna.

—¡Detente! —gritó Tzitzimitl, pero ya era demasiado tarde.

El coche derrapó, y Alejandro intentó mantener el control, pero el Charro Negro los atacó con una fuerza descomunal. El coche salió de la carretera, chocando violentamente contra un árbol. El impacto fue brutal, y todo se volvió un caos.

Alejandro salió tambaleándose del coche, su visión borrosa por el dolor y la confusión. Buscó a Isabel y Tzitzimitl, temiendo lo peor. Vio a Isabel en el suelo, herida y sin moverse. Un miedo visceral lo invadió.

—¡Isabel! —gritó, corriendo hacia ella.

Tzitzimitl, aunque herido, se levantó con dificultad y se acercó a Alejandro.

—Está gravemente herida. Debemos detener el sangrado.

El Charro Negro, riendo con malevolencia, se acercó lentamente.

—Nunca llegarán a la cueva. Las reliquias son mías.

Claro, aquí está la continuación con la transición correcta entre las dos partes de la historia.

La batalla fue feroz. El Charro Negro atacaba con una fuerza oscura, mientras Alejandro contraatacaba con el poder del Brazalete de Fuego y la Piedra del Sol. La luz dorada y las llamas se enfrentaban a la oscuridad y el frío del Charro Negro, creando un espectáculo de luces y sombras en la noche.

Alejandro, impulsado por la furia y la desesperación, lanzó una ráfaga de llamas con el brazalete, que el Charro Negro esquivó hábilmente. El enemigo contrarrestó con un ataque sombrío, proyectando una energía oscura que Alejandro apenas logró bloquear con la luz de la Piedra del Sol.

—¡No te detendrás! —gritó Alejandro, avanzando con determinación.

El Charro Negro rió, una risa que resonó con un eco siniestro en la oscuridad.

—Tus esfuerzos son inútiles, Alejandro. Nunca podrás vencerme.

Con un rugido de rabia, Alejandro concentró toda su energía, utilizando el brazalete y la piedra simultáneamente. Una columna de fuego dorado se levantó, golpeando al Charro Negro con una fuerza devastadora. El espíritu maligno gritó, retrocediendo ante la intensa luz y el calor.

—¡Esto no ha terminado! —vociferó el Charro Negro, desapareciendo en la oscuridad, dejando atrás un rastro de humo y sombra.

Alejandro se desplomó, agotado pero victorioso. Corrió hacia Isabel, que yacía inconsciente en el suelo. Tzitzimitl ya estaba a su lado, haciendo lo posible por detener el sangrado y estabilizarla.

—¡Isabel! —gritó, corriendo hacia ella.

Tzitzimitl, aunque herido, se levantó con dificultad y se acercó a Alejandro.

—Está gravemente herida. Debemos detener el sangrado.

El Charro Negro, riendo con malevolencia, se acercó lentamente.

—Nunca llegarán a la cueva. Las reliquias son mías.

Alejandro sintió una furia ardiente crecer dentro de él. Sacó la Piedra del Sol de su bolsillo y el Brazalete de Fuego de su mochila. El poder de las reliquias se activó, rodeándolo con una luz dorada y un calor intenso.

—¡No permitiré que nos detengas! —gritó Alejandro, avanzando hacia el Charro Negro.

La batalla fue feroz. El Charro Negro atacaba con una fuerza oscura, mientras Alejandro contraatacaba con el poder del Brazalete de Fuego y la Piedra del Sol. La luz dorada y las llamas se enfrentaban a la oscuridad y el frío del Charro Negro, creando un espectáculo de luces y sombras en la noche.

Alejandro, impulsado por la furia y la desesperación, lanzó una ráfaga de llamas con el brazalete, que el Charro Negro esquivó hábilmente. El enemigo contrarrestó con un ataque sombrío, proyectando una energía oscura que Alejandro apenas logró bloquear con la luz de la Piedra del Sol.

—¡No te detendrás! —gritó Alejandro, avanzando con determinación.

El Charro Negro rió, una risa que resonó con un eco siniestro en la oscuridad.

—Tus esfuerzos son inútiles, Alejandro. Nunca podrás vencerme.

Con un rugido de rabia, Alejandro concentró toda su energía, utilizando el brazalete y la piedra simultáneamente. Una columna de fuego dorado se levantó, golpeando al Charro Negro con una fuerza devastadora. El espíritu maligno gritó, retrocediendo ante la intensa luz y el calor.

—¡Esto no ha terminado! —vociferó el Charro Negro, desapareciendo en la oscuridad, dejando atrás un rastro de humo y sombra.

Alejandro se desplomó, agotado pero victorioso. Corrió hacia Isabel, que yacía inconsciente en el suelo. Tzitzimitl ya estaba a su lado, haciendo lo posible por detener el sangrado y estabilizarla.

—Isabel, por favor, aguanta —suplicó Alejandro, sosteniendo su mano.

Tzitzimitl, con voz urgente, dijo:

—Debemos mantenerla con vida hasta que llegue la ayuda. Alejandro, no te dejes llevar por el miedo. Necesitamos tu fuerza.

Alejandro asintió, intentando contener las lágrimas. Sentía una mezcla de furia y desesperación, pero sabía que debía mantenerse fuerte por Isabel.

Después de lo que pareció una eternidad, finalmente escucharon el sonido de sirenas acercándose. Una ambulancia llegó rápidamente, y los paramédicos comenzaron a atender a Isabel. Alejandro y Tzitzimitl fueron llevados al hospital junto con ella.

En el hospital de Durango, Alejandro se sintió impotente mientras esperaba noticias sobre Isabel. Tzitzimitl intentó consolarlo, pero Alejandro estaba fuera de sí, dominado por el dolor y la culpa.

—Esto es culpa mía —dijo Alejandro, golpeando la pared con frustración—. Si no hubiera insistido en este viaje...

Tzitzimitl puso una mano reconfortante en su hombro.

—Alejandro, no es culpa tuya. Estamos enfrentando fuerzas oscuras y poderosas. Isabel es fuerte, y sobrevivirá. Debemos tener fe.

Las horas pasaron lentas y dolorosas. Finalmente, un médico salió de la sala de emergencias y se acercó a Alejandro y Tzitzimitl.

—Isabel está estable, pero sus heridas son graves. Necesitará tiempo para recuperarse.

Alejandro sintió una mezcla de alivio y desesperación.

—¿Puedo verla? —preguntó, su voz temblando.

El médico asintió.

—Solo por un momento. Necesita descansar.

Alejandro entró en la habitación, donde Isabel yacía en una cama, conectada a varios monitores. Se acercó lentamente, tomando su mano con suavidad.

—Isabel, lo siento tanto... —dijo, sus lágrimas finalmente cayendo—. Prometo que te protegeré. No dejaré que nada te pase.

Isabel abrió los ojos débilmente, su mirada suave y comprensiva.

—Alejandro... no es tu culpa. Sabíamos que esto sería peligroso. Estoy contigo, siempre.

Tzitzimitl observó desde la puerta, sabiendo que Alejandro necesitaba este momento con Isabel. La conexión entre ellos era fuerte, y eso les daría la fuerza para continuar.

Los días siguientes fueron difíciles. Isabel se mantenía en el hospital, recuperándose lentamente. Alejandro no se separaba de su lado, mientras Tzitzimitl continuaba investigando sobre la cueva en la sierra de Durango y la próxima reliquia que debían encontrar.

Alejando un día salió del hospital y se aproximo a la plaza del pueblo, se sentó en una banca. Junto a el se sentó un hombre.

—¿Estás bien muchacho? — pregunto el hombre mientras alejando miraba como fluía de la fuente.

— Si, eso espero al menos.

— He escuchado que estás buscando algo en la sierra de Durango. ¿Has escuchado la historia de los pactados?

— No, jamás.— contesto Alejandro intrigado.

— La leyenda cuenta que algunos personajes de la historia, han hecho pactos con demonios en busca de obtener riqueza, ganar batallas o incluso poder.

A diferencia de otros codiciosos, algunos, lograron arrepentirse a tiempo, perdiendo de alguna manera el favor de los demonios y dejándolos libres de su pacto, pero estos no pueden morir, ya que al perder lograr engañar al demonio, no son bienvenidos en el infierno, y mucho menos en el cielo. Por ellos han tenido que buscar alternativas para retrasar su muerte y no convertirse en espíritus errantes.

La gente de Durango, dice que un personaje peculiar, logro evitar la muerte.

— ¿Quién es esa persona?— pregunto Alejandro intrigado.

— Alguien de la revolución, un héroe olvidado sin nombre.

El viejo se levantó y se fue lentamente, Alejandro se quedó reflexionado, quien podría ser este viejo, y a que se refería.

Una noche, mientras Isabel dormía, Tzitzimitl se acercó a Alejandro, que estaba sentado junto a su cama.

—Alejandro, sé que estás preocupado por Isabel, pero también debemos enfocarnos en nuestra misión. El tiempo es crucial.

Alejandro asintió, aunque su mirada seguía fija en Isabel.

—Lo sé, Tzitzimitl. Pero no puedo dejarla así.

El chamán suspiró, entendiendo el conflicto interno de Alejandro.

—Isabel es fuerte, y los médicos aquí son competentes. Ella te querría en el camino, protegiendo a los demás y cumpliendo nuestra misión. Debemos encontrar esa cueva y obtener la siguiente reliquia.

Alejandro se levantó, su expresión reflejando una mezcla de determinación y tristeza.

—Tienes razón. Isabel querría que continuáramos. Pero no lo haré solo. Tú y yo, juntos, terminaremos lo que empezamos.

Tzitzimitl asintió, colocando una mano en el hombro de Alejandro.

—Así será, Alejandro. Juntos, enfrentaremos lo que venga.

Antes de partir hacia la sierra de Durango, Alejandro se despidió de Isabel, que ya mostraba signos de mejoría.

—Volveré pronto, Isabel. Lo prometo. Y traeré de vuelta la siguiente reliquia.

Isabel sonrió débilmente.

—Confío en ti, Alejandro. Ten cuidado.

Con renovada determinación, Alejandro y Tzitzimitl se prepararon para el viaje. Sabían que el camino sería peligroso, pero también sabían que debían continuar. La misión no podía detenerse.

La sierra de Durango era un lugar inhóspito y misterioso. La cueva que buscaban se encontraba en una región remota, y el mapa que tenían era su única guía. Con cada paso,

Alejandro sentía la presión de su responsabilidad y la ausencia de Isabel, pero también sabía que debía mantenerse fuerte.

El viaje se complicó rápidamente. La carretera era traicionera, y las condiciones del clima empeoraron. Mientras avanzaban, el cielo se oscureció y una tormenta comenzó a formarse. Alejandro y Tzitzimitl continuaron, sabiendo que no podían perder tiempo.

De repente, la presencia del Charro Negro se hizo sentir nuevamente. Una ráfaga de viento frío los golpeó, y una sombra apareció frente a ellos. Alejandro detuvo el coche y salió, preparado para enfrentarse a su enemigo una vez más.

—¡Charro Negro! —gritó Alejandro, sosteniendo la Piedra del Sol y el Brazalete de Fuego—. No permitiré que nos detengas.

La batalla fue feroz. El Charro Negro atacaba con una fuerza oscura, mientras Alejandro contraatacaba con el poder del Brazalete de Fuego y la Piedra del Sol. La luz dorada y las llamas se enfrentaban a la oscuridad y el frío del Charro Negro, creando un espectáculo de luces y sombras en la noche.

Alejandro, impulsado por la furia y la desesperación, lanzó una ráfaga de llamas con el brazalete, que el Charro Negro esquivó hábilmente. El enemigo contrarrestó con un ataque sombrío, proyectando una energía oscura que Alejandro apenas logró bloquear con la luz de la Piedra del Sol.

—¡No te detendrás! —gritó Alejandro, avanzando con determinación.

El Charro Negro rió, una risa que resonó con un eco siniestro en la oscuridad.

—Tus esfuerzos son inútiles, Alejandro. Nunca podrás vencerme.

Con un rugido de rabia, Alejandro concentró toda su energía, utilizando el brazalete y la piedra simultáneamente. Una columna de fuego dorado se levantó, golpeando al Charro Negro con una fuerza devastadora. El espíritu maligno gritó, retrocediendo ante la intensa luz y el calor.

—¡Esto no ha terminado! —vociferó el Charro Negro, desapareciendo en la oscuridad, dejando atrás un rastro de humo y sombra.

Alejandro se desplomó, agotado pero victorioso. Corrió hacia Isabel, que yacía inconsciente en el suelo. Tzitzimitl ya estaba a su lado, haciendo lo posible por detener el sangrado y estabilizarla.

—Isabel, por favor, aguanta —suplicó Alejandro, sosteniendo su mano.

Tzitzimitl, con voz urgente, dijo:

—Debemos mantenerla con vida hasta que llegue la ayuda. Alejandro, no te dejes llevar por el miedo. Necesitamos tu fuerza.

Alejandro asintió, intentando contener las lágrimas. Sentía una mezcla de furia y desesperación, pero sabía que debía mantenerse fuerte por Isabel.

Después de lo que pareció una eternidad, finalmente escucharon el sonido de sirenas acercándose. Una ambulancia llegó rápidamente, y los paramédicos comenzaron a atender a Isabel. Alejandro y Tzitzimitl fueron llevados al hospital junto con ella.

En el hospital de Durango, Alejandro se sintió impotente mientras esperaba noticias sobre Isabel. Tzitzimitl intentó consolarlo, pero Alejandro estaba fuera de sí, dominado por el dolor y la culpa.

—Esto es culpa mía —dijo Alejandro, golpeando la pared con frustración—. Si no hubiera insistido en este viaje...

Tzitzimitl puso una mano reconfortante en su hombro.

—Alejandro, no es culpa tuya. Estamos enfrentando fuerzas oscuras y poderosas. Isabel es fuerte, y sobrevivirá. Debemos tener fe.

Las horas pasaron lentas y dolorosas. Finalmente, un médico salió de la sala de emergencias y se acercó a Alejandro y Tzitzimitl.

—Isabel está estable, pero sus heridas son graves. Necesitará tiempo para recuperarse.

Alejandro sintió una mezcla de alivio y desesperación.

—¿Puedo verla? —preguntó, su voz temblando.

El médico asintió.

—Solo por un momento. Necesita descansar.

Alejandro entró en la habitación, donde Isabel yacía en una cama, conectada a varios monitores. Se acercó lentamente, tomando su mano con suavidad.

—Isabel, lo siento tanto... —dijo, sus lágrimas finalmente cayendo—. Prometo que te protegeré. No dejaré que nada te pase.

Isabel abrió los ojos débilmente, su mirada suave y comprensiva.

—Alejandro... no es tu culpa. Sabíamos que esto sería peligroso. Estoy contigo, siempre.

Tzitzimitl observó desde la puerta, sabiendo que Alejandro necesitaba este momento con Isabel. La conexión entre ellos era fuerte, y eso les daría la fuerza para continuar.

Los días siguientes fueron difíciles. Isabel se mantenía en el hospital, recuperándose lentamente. Alejandro no se separaba de su lado, mientras Tzitzimitl continuaba investigando sobre la cueva en la sierra de Durango y la próxima reliquia que debían encontrar.

Una noche, mientras Isabel dormía, Tzitzimitl se acercó a Alejandro, que estaba sentado junto a su cama.

—Alejandro, sé que estás preocupado por Isabel, pero también debemos enfocarnos en nuestra misión. El tiempo es crucial.

Alejandro asintió, aunque su mirada seguía fija en Isabel.

—Lo sé, Tzitzimitl. Pero no puedo dejarla así.

El chamán suspiró, entendiendo el conflicto interno de Alejandro.

—Isabel es fuerte, y los médicos aquí son competentes. Ella te querría en el camino, protegiendo a los demás y cumpliendo nuestra misión. Debemos encontrar esa cueva y obtener la siguiente reliqu a.

Alejandro se levartó, su expresión reflejando una mezcla de determinación y tristeza.

—Tienes razón. Isabel querría que continuáramos. Pero no lo haré solo. Tú y yo, juntos, terminaremos lo que empezamos.

Tzitzimitl asintió, colocando una mano en el hombro de Alejandro.

—Así será, Alejandro. Juntos, enfrentaremos lo que venga.

Antes de partir hacia la sierra de Durango, Alejandro se despidió de Isabel, que ya mostraba signos de mejoría.

—Volveré pronto, Isabel. Lo prometo. Y traeré de vuelta la siguiente reliquia.

Isabel sonrió débilmente.

—Confío en ti, Alejandro. Ten cuidado.

Con renovada determinación, Alejandro y Tzitzimitl se prepararon para el viaje. Sabían que el camino sería peligroso, pero también sabían que debían continuar. La misión no podía detenerse.

La sierra de Durango era un lugar inhóspito y misterioso. La cueva que buscaban se encontraba en una región remota, y el mapa que tenían era su única guía. Con cada paso, Alejandro sentía la presión de su responsabilidad y la ausencia de Isabel, pero también sabía que debía mantenerse fuerte.

El viaje se complicó rápidamente. La carretera era traicionera, y las condiciones del clima empeoraron. Mientras avanzaban, el cielo se oscureció y una tormenta comenzó a formarse. Alejandro y Tzitzimitl continuaron, sabiendo que no podían perder tiempo.

De repente, la presencia del Charro Negro se hizo sentir nuevamente. Una ráfaga de viento frío los golpeó, y una sombra apareció frente a ellos. Alejandro detuvo el coche y salió, preparado para enfrentarse a su enemigo una vez más.

—¡Charro Negro! —gritó Alejandro, sosteniendo la Piedra del Sol y el Brazalete de Fuego—. No permitiré que nos detengas.

El Charro Negro rió, su figura oscura contrastando con la luz de los relámpagos en el cielo.

—No escaparás de mí, Alejandro. Las reliquias serán mías.

La batalla fue aún más intensa que la anterior. Alejandro y Tzitzimitl lucharon con todo su poder, utilizando las reliquias para repeler los ataques oscuros del Charro Negro. Las llamas del Brazalete de Fuego se entrelazaban con la luz dorada de la Piedra del Sol, creando un escudo de energía que mantenía a raya al enemigo.

El Charro Negro, furioso, lanzó un ataque devastador que hizo que el coche saliera de la carretera. Alejandro y Tzitzimitl fueron lanzados al suelo, sintiendo el impacto de la caída.

—¡No puedo dejar que nos detenga! —gritó Alejandro, levantándose con dificultad.

Con un último esfuerzo, Alejandro concentró toda su energía en un ataque final. El fuego y la luz se fusionaron en una explosión que hizo retroceder al Charro Negro, obligándolo a desaparecer una vez más.

Tzitzimitl se acercó a Alejandro, respirando con dificultad.

—Lo alejamos, pero no por mucho tiempo. Debemos continuar.

Alejandro asintió, mirando el mapa una vez más. Sabía que su viaje estaba lejos de terminar, pero también sabía que no podía rendirse. Con Isabel en el hospital y la misión aún pendiente, debía seguir adelante.

Finalmente, llegaron a la entrada de la cueva en la sierra de Durango. La apertura era estrecha y oscura, pero Alejandro y Tzitzimitl sabían que debían entrar.

—Esta es la fuente de la longevidad del anciano —dijo Tzitzimitl, observando la cueva—. Debemos tener cuidado. Solo se abre por unos pocos días al año.

Entraron en la cueva, sus pasos resonando en la oscuridad. Alejandro sostuvo la Piedra del Sol, que iluminaba su camino con un resplandor dorado. A medida que avanzaban, el aire se volvía más pesado y la energía más intensa.

Finalmente, llegaron a una cámara amplia, donde un anciano los esperaba. Su apariencia era de alguien que había vivido muchos años, pero sus ojos brillaban con una sabiduría y vitalidad inusuales. Aunque su cara apenas era visible ya que estaba cubierto por una túnica vieja y harapienta.

—Bienvenidos, viajeros —dijo el anciano, su voz resonando en la cueva—. He estado esperando.

Alejandro, agotado pero decidido, se acercó al anciano.

—Necesitamos tu ayuda. Buscamos respuestas sobre la Llorona y la siguiente reliquia.

El anciano asintió, invitándolos a sentarse en torno a una pequeña fogata que ardía en el centro de la cueva.

Alejandro y Tzitzimitl se sentaron, escuchando atentamente, sabiendo que las respuestas que buscaban estaban cerca.

Capítulo 13: El Secreto de la Llorona

Alejandro y Tzitzimitl habían llegado a la cueva en la sierra de Durango después de un viaje arduo y peligroso. La entrada de la cueva era estrecha y oscura, rodeada por una densa vegetación que parecía proteger el lugar de intrusos. Con el mapa del anciano del parque de Durango en mano, sabían que estaban en el lugar correcto.

Entraron con cautela, sus pasos resonando en el interior de la cueva. La oscuridad parecía envolverse alrededor de ellos, pero Alejandro sostuvo la Piedra del Sol, que emitía un resplandor dorado, iluminando su camino. A medida que avanzaban, el aire se volvía más pesado y la energía más intensa. Finalmente, llegaron a una cámara amplia, donde un anciano los esperaba.

Su apariencia era de alguien que había vivido muchos años, con arrugas profundas en su rostro y una barba larga y blanca. Sin embargo, sus ojos brillaban con una vitalidad y sabiduría inusuales.

—Bienvenidos, viajeros —dijo el anciano, su voz resonando en la cueva—. He estado esperando.

Alejandro, agotado pero decidido, se acercó al anciano.

—Necesitamos tu ayuda. Buscamos respuestas sobre la Llorona y la siguiente reliquia.

El anciano asintió, invitándolos a sentarse en torno a una pequeña fogata que ardía en el centro de la cueva. El fuego crepitaba suavemente, arrojando sombras danzantes en las paredes de la cueva.

—La Llorona es una de las leyendas más antiguas y trágicas de nuestra tierra —comenzó el anciano—. Su historia está impregnada de dolor y arrepentimiento, y su espíritu está condenado a vagar hasta encontrar la paz. Pero hay más en su historia de lo que comúnmente se conoce.

Alejandro y Tzitzimitl se acomodaron junto al fuego, escuchando atentamente.

—Cuéntanos, por favor —dijo Alejandro—. Necesitamos conocer la verdad para poder ayudarla.

El anciano asintió, tomando un respiro profundo antes de comenzar su relato.

—La leyenda, en un principio, es similar a lo que conocen. Una mujer indígena se enamora de un español y juntos tienen tres hijos. Sin embargo, a diferencia de lo que se dice, el español sí la amaba y amaba a sus hijos. Pero había una bruja, una mujer oscura y poderosa, que también estaba interesada en el español. Esta bruja deseaba casarse con él, pero él la rechazaba constantemente.

Alejandro frunció el ceño, intrigado por esta nueva versión de la historia.

—Un día, el español fue llamado a cumplir con un mandato de la corona. Prometió regresar por su amada, pero nunca lo hizo, pues su navío naufragó en el mar. La primera en enterarse de su destino fue la bruja. Llena de ira, decidió vengarse de la mujer indígena. Fue a su casa, pero no la encontró, solo estaban los niños.

El anciano hizo una pausa, observando las reacciones de Alejandro y Tzitzimitl antes de continuar.

—Usando sus poderes, la bruja hipnotizó a los niños y los llevó al río, justo cuando una tormenta comenzaba. El río creció rápidamente y arrastró a los niños. Cuando la mujer indígena regresó a su casa y no encontró a sus hijos, escuchó sus gritos a lo lejos. Desesperada, intentó rescatarlos, pero fue en vano.

Alejandro sintió un nudo en la garganta al escuchar la trágica historia.

—La diosa Coatlicue sintió compasión por ella y descendió de las estrellas. Le concedió el poder de buscar a sus hijos hasta encontrarlos, incluso más allá de la muerte. Sin embargo, la bruja fue castigada con la vida eterna, incapaz de cruzar al paraíso o al infierno, hasta que la madre encontrara a sus hijos y se reuniera con ellos.

Alejandro asintió, comprendiendo la gravedad de la historia.

—Entonces, debemos ayudarla a encontrar a sus hijos para que ambos espíritus puedan descansar.

El anciano asintió lentamente.

—Sí, pero hay otro asunto que deben considerar. Buscan el Silbato de Mictlantecuhtli, ¿verdad?

Alejandro y Tzitzimitl intercambiaron una mirada antes de responder.

—Sí, también estamos buscando esa reliquia —dijo Alejandro.

El anciano se levantó, caminando lentamente hacia una pared de la cueva donde colgaba un antiguo mapa.

—Conozco la ubicación del silbato, pero no puedo ayudarlos a obtenerlo hasta que no me ayuden a mí primero.

Alejandro frunció el ceño, intrigado.

—¿Qué necesitas de nosotros?

El anciano se giró, su mirada llena de desesperación contenida.

—Estoy atrapado en esta cueva por una maldición. La única manera de liberarme es encontrar una flor que solo florece una vez al año. Esta flor está en algún lugar de la sierra, pero yo no puedo buscarla por mí mismo. Ustedes tienen tres días para encontrarla antes de que la cueva se cierre de nuevo, dejándome atrapado aquí por otro año.

Alejandro asintió con determinación.

—Lo haremos. Encontraremos la flor y te liberaremos.

Tzitzimitl, sin embargo, parecía menos convencido.

—Alejandro, esto puede ser una trampa. Debemos tener cuidado.

El anciano levantó una mano en señal de paz.

—Entiendo sus dudas, pero les aseguro que mis intenciones son puras. Ayúdenme, y yo los ayudaré a ustedes.

Con esas palabras, el anciano se sentó de nuevo, dejando que Alejandro y Tzitzimitl tomaran su decisión.

Alejandro miró a Tzitzimitl con determinación.

—No tenemos otra opción. Debemos hacerlo.

Tzitzimitl suspiró, pero finalmente asintió.

—Está bien. Pero debemos ser muy cautelosos.

Alejandro se volvió hacia el anciano.

—Aceptamos. Encontraremos la flor y te ayudaremos a salir de aquí.

El anciano sonrió, visiblemente aliviado.

—Gracias, jóvenes. Mi libertad depende de ustedes.

Con esa promesa, Alejandro y Tzitzimitl se prepararon para la búsqueda, conscientes de que el tiempo estaba en su contra y que las dificultades apenas comenzaban.

—Recuerden, solo tienen tres días —advirtió el anciano—. La flor florece en la parte más alta de la sierra y se cierra al anochecer del tercer día. No demoren.

Alejandro y Tzitzimitl se miraron, sabiendo que cada minuto contaba.

—No perderemos tiempo —dijo Alejandro, con una determinación renovada.

La intensidad de la misión los envolvía mientras planeaban sus próximos pasos. Las sombras de la cueva parecían alargarse y cobrar vida, reflejando la urgencia de su búsqueda. Tzitzimitl, con una expresión de concentración, comenzó a trazar una ruta en el suelo polvoriento de la cueva, utilizando el mapa del anciano como guía.

—Empezaremos al amanecer —dijo Tzitzimitl, mirando a Alejandro—. Necesitamos cada rayo de luz para encontrar esta flor.

Alejandro asintió, su mirada fija en el fuego danzante. La historia de la Llorona resonaba en su mente, y la responsabilidad de ayudarla pesaba sobre sus hombros. No solo tenían que liberar al anciano, sino que también debían encontrar el Silbato de Mictlantecuhtli, una reliquia crucial para su misión.

—¿Qué más puedes contarnos sobre el silbato? —preguntó Alejandro, volviendo su atención al anciano.

El anciano tomó un sorbo de una taza de té humeante antes de responder.

—El Silbato de Mictlantecuhtli es una reliquia antigua y poderosa. Tiene la capacidad de llamar a los espíritus de los difuntos y guiarlos hacia el más allá. Con él, podrán convocar a los hijos de la Llorona desde el río y ayudar a su madre a reunirse con ellos.

Alejandro sintió un escalofrío recorrer su espalda. El poder del silbato era inmenso, y comprender cómo usarlo correctamente sería esencial.

—¿Dónde se encuentra el silbato? —preguntó Tzitzimitl, con el ceño fruncido.

El anciano señaló un punto en el mapa, lejos de su ubicación actual.

—Está escondido en una caverna sagrada, protegida por antiguas magias. Solo aquellos con corazones puros y la voluntad de ayudar a los espíritus pueden acceder a él.

Alejandro y Tzitzimitl asintieron, comprendiendo la magnitud de la tarea que tenían por delante.

—Encontraremos la flor y te liberaremos —dijo Alejandro, su voz llena de determinación—. Luego iremos por el silbato.

El anciano sonrió, su expresión llena de gratitud.

—Confío en ustedes. Recuerden, deben ser rápidos y cautelosos. El tiempo es crucial.

La noche pasó lentamente, con Alejandro y Tzitzimitl descansando junto al fuego, sus mentes ocupadas con pensamientos de la misión que tenían por delante. El fuego crepitaba suavemente, proporcionando un respiro temporal de la oscura realidad que enfrentaban. Ambos sabían que los próximos tres días serían críticos.

El anciano observaba a los dos viajeros con una mezcla de esperanza y ansiedad. Se levantó lentamente y se acercó a ellos, su mirada llena de una sabiduría antigua.

—Hay algo más que deben saber antes de partir —dijo el anciano, su voz resonando suavemente en la cueva.

Alejandro y Tzitzimitl levantaron la vista, atentos a sus palabras.

—La flor que buscan es conocida como la Flor del Tiempo —continuó el anciano—. No es solo una planta rara, sino que está profundamente conectada con el flujo del tiempo mismo. Aquellos que la encuentran y la traen de vuelta intacta pueden alterar su destino y el de otros.

Alejandro frunció el ceño, intrigado.

—¿Alterar el destino? ¿Cómo es eso posible?

Los Guardianes.

El anciano sonrió levemente, su mirada fija en el fuego.

—La Flor del Tiempo tiene el poder de revelar verdades ocultas y proporcionar una segunda oportunidad. Su esencia es pura y puede romper maldiciones antiguas. Es por eso que es tan valiosa y por lo que la protección que lleva no es solo física sino también espiritual.

Tzitzimitl asintió lentamente, comprendiendo la magnitud de su tarea.

—Entonces, no solo estamos buscando una flor rara. Estamos buscando una llave para cambiar el destino de muchos.

El anciano asintió.

—Exactamente. Y por eso deben ser cautelosos. La flor está protegida por guardianes invisibles, espíritus antiguos que cuidan de su poder. Solo aquellos con intenciones puras y un corazón verdadero pueden acercarse a ella sin ser rechazados.

Alejandro sintió un escalofrío recorrer su espalda al escuchar las palabras del anciano. La misión se hacía cada vez más compleja y peligrosa.

—Lo lograremos —dijo Alejandro, con voz firme—. Encontraremos la Flor del Tiempo y te liberaremos.

El anciano extendió una mano hacia Alejandro, su expresión llena de gratitud.

—Confío en ustedes. Pero recuerden, el tiempo es esencial. No se demoren.

La conversación continuó en un tono más tranquilo, mientras el anciano les contaba historias antiguas sobre las leyendas de la región y las pruebas que los héroes del pasado habían enfrentado. Las horas pasaron y finalmente, el cansancio se apoderó de Alejandro y Tzitzimitl.

Al día siguiente, despertaron al amanecer, preparados para la ardua búsqueda que les esperaba. Pero antes de partir, el anciano les entregó un pequeño cofre de madera, cuidadosamente tallado con símbolos antiguos.

—Esto los ayudará en su búsqueda —dijo, entregándoselo a Alejandro.

Alejandro abrió el cofre con curiosidad y encontró dentro un frasco de cristal con un líquido dorado.

—¿Qué es esto? —preguntó, sosteniéndolo a la luz del fuego.

—Es esencia de luna llena —respondió el anciano—. Les dará fuerza y claridad mental en los momentos más oscuros. Pero úsenla con sabiduría, pues solo hay una pequeña cantidad.

Tzitzimitl tomó el frasco y lo guardó cuidadosamente en su mochila.

—Gracias, anciano. Lo apreciaremos y usaremos con prudencia.

El anciano asintió, sus ojos brillando con un destello de esperanza.

—Buena suerte, jóvenes. Que los dioses los guíen y protejan en su camino.

Con una última mirada al anciano, Alejandro y Tzitzimitl se despidieron y salieron de la cueva. El aire fresco de la mañana les dio una bienvenida revitalizante mientras se dirigían a la montaña, sabiendo que su destino y el de muchos dependía de su éxito.

Mientras caminaban por el sendero rocoso que los llevaba hacia las alturas de la sierra, Alejandro no podía dejar de pensar en la historia de la Llorona y la Flor del Tiempo. La responsabilidad que llevaban sobre sus hombros era inmensa, pero su determinación era igualmente grande.—¿Crees que realmente podemos hacerlo? —preguntó Alejandro, rompiendo el silencio. Tzitzimitl, caminando a su lado, respondió con una mirada firme.—Hemos enfrentado desafíos antes, Alejandro. Esto es solo una prueba más. Debemos mantenernos enfocados y usar todo lo que hemos aprendido.

Capítulo 14: El Guardián del Tiempo

Alejandro y Tzitzimitl salieron de la cueva con la primera luz del día. El aire fresco y limpio de la sierra de Durango los revitalizó, pero sabían que no tenían tiempo que perder. La misión de encontrar la Flor del Tiempo era crítica, y cada minuto contaba.

—Tenemos tres días, Alejandro —dijo Tzitzimitl mientras ajustaba su mochila—. Debemos encontrar la flor y regresar antes de que la cueva se cierre.

Alejandro asintió, su mirada fija en el horizonte.

—Lo sé. No podemos permitirnos ningún retraso.

Con el mapa del anciano como guía, comenzaron su ascenso por la sierra. El terreno era empinado y traicionero, pero avanzaban con rapidez, conscientes de la urgencia de su tarea.

A medida que subían, el sol comenzaba a elevarse en el cielo, bañando la montaña con una luz dorada. El paisaje era impresionante, con imponentes picos rocosos y una vegetación densa que parecía cobrar vida a su alrededor.

—Mira eso —dijo Alejandro, señalando un grupo de piedras antiguas—. Deben ser altares antiguos.

Tzitzimitl asintió, observando los símbolos tallados en las piedras.

—Son símbolos de protección y guía. Los antiguos viajeros los usaban para pedir la bendición de los dioses en sus viajes.

Mientras continuaban su ascenso, se encontraron con un primer obstáculo. Un grupo de espíritus apareció en su camino, sus formas etéreas flotando en el aire, bloqueando su paso.

—Debemos ser cuidadosos —advirtió Tzitzimitl—. Estos espíritus no nos dejarán pasar tan fácilmente.

Alejandro sacó la Piedra del Sol y el Brazalete de Fuego. Las reliquias brillaban intensamente, proyectando una luz dorada y una energía cálida que repelía a los espíritus.

—¡Déjenos pasar! —gritó Alejandro, sosteniendo las reliquias con firmeza.

Los espíritus retrocedieron ante la fuerza de las reliquias, permitiendo que Alejandro y Tzitzimitl continuaran su camino. La subida se volvía cada vez más difícil, pero no permitieron que los obstáculos los detuvieran.

Al anochecer del primer día, llegaron a la cima de una montaña. Desde allí, a lo lejos, alcanzaron a ver una luz brillante en la distancia.

—¿Ves eso? —preguntó Alejandro, señalando la luz.

Tzitzimitl asintió, su mirada fija en el resplandor.

—Debe ser la Flor del Tiempo. Debemos seguir esa luz.

Con renovada determinación, comenzaron a descender la montaña, siguiendo la luz que se veía a lo lejos. La noche estaba fría y oscura, pero la luz de la flor los guiaba, dándoles esperanza.

Finalmente, llegaron a un claro donde la luz se hacía más intensa. En el centro del claro, rodeada por piedras antiguas, estaba la Flor del Tiempo. Era una flor de un rojo intenso, con pétalos que parecían brillar con una luz propia. Cada pétalo estaba delicadamente formado, con bordes dorados que reflejaban la luz de la luna. La flor emitía una energía suave y cálida, como si estuviera viva con el poder del tiempo mismo.

Alejandro se acercó lentamente, maravillado por la belleza de la flor.

—Es increíble —susurró, extendiendo la mano para tomarla.

Pero antes de que pudiera tocarla, un espíritu apareció ante él, bloqueando su paso. Era una figura femenina, envuelta en un resplandor etéreo.

—No puedes tomarla —dijo el espíritu con una voz suave pero firme—. No eres digno de tenerla. Si lo fueras, ya la habrías podido tomar hace mucho.

Alejandro retrocedió, sorprendido por la aparición del espíritu.

—¿Quién eres? —preguntó, con voz temblorosa.

—Soy el Guardián del Tiempo —respondió el espíritu—. Protejo la Flor del Tiempo de aquellos que no son dignos de poseerla.

Alejandro intentó razonar con el espíritu.

—Necesitamos la flor para liberar a un alma atrapada en la cueva. Es por un bien mayor.

El espíritu del tiempo lo miró con intensidad, como si estuviera evaluando la verdad de sus palabras.

—No puedes tomarla sin comprender la verdadera identidad de aquel a quien intentas liberar —dijo el espíritu—. El anciano que buscas liberar no es quien parece ser. Su nombre verdadero es Doroteo Arango, pero es más conocido como Pancho Villa.

Alejandro quedó atónito.

—¿Pancho Villa? ¿Cómo es posible?

El espíritu asintió.

—Doroteo Arango vendió su alma antes de la revolución, buscando riquezas y poder. Cuando estaba a punto de ser fusilado, envió a un soldado suyo, muy parecido a él, para ocupar su lugar. La traición fue descubierta, y Doroteo se interno en la sierra. Encontró una cueva llena de tesoros y, al intentar llevarse los tesoros, la cueva se cerró, atrapándolo dentro.

Alejandro intentó procesar esta revelación.

—Entonces, ¿él no quiere la flor para liberarse, sino para llevarse los tesoros?

El espíritu del tiempo asintió.

—Sí. Cada intento de escapar de la cueva le resta tres años de vida. No envejece ni muere mientras esté dentro, pero su deseo de poseer los tesoros es lo que lo mantiene atrapado.

Alejandro comprendió la gravedad de la situación, pero estaba decidido a ayudar.

—Entiendo la situación, pero te aseguro que yo responderé por Doroteo. Impediré que se lleve los tesoros.

El espíritu del tiempo lo miró con desconfianza.

—Si Doroteo se lleva un solo tesoro, tú serás el que quede atrapado en la cueva.

Alejandro aceptó el desafío.

—Lo acepto. Haré lo necesario para liberarlo y mantener los tesoros a salvo.

El espíritu asintió lentamente, su expresión suavizándose.

—Entonces, toma la flor y cumple con tu promesa.

Con cuidado, Alejandro tomó la Flor del Tiempo, sintiendo la energía pulsante en sus manos. Junto con Tzitzimitl, comenzaron su descenso de regreso a la cueva.

Al llegar, Doroteo los esperaba con ansiedad. Alejandro lo confrontó de inmediato.

—Doroteo Arango, o debo decir Pancho Villa, ¿por qué no me dijiste desde un principio quién eras? Y, sobre todo, ¿para qué quieres la flor?

Doroteo bajó la mirada, su rostro lleno de remordimiento.

—Sí, soy Pancho Villa. Pero no quiero la flor para robar los tesoros. Soy el guardián del Silbato de Mictlantecuhtli. Entré en la cueva para resguardar la reliquia, pero cuando intenté salir, la cueva se cerró. No intenté robar nada. Encontré el silbato hace mucho, y me ha protegido desde entonces, advirtiéndome de peligros inminentes.

Alejandro se mostró escéptico.

—Si es cierto, muéstranos el silbato y su poder.

Doroteo asintió y sacó el silbato de entre sus pertenencias. Era un objeto pequeño y oscuro, tallado en obsidiana, con intrincados grabados que parecían moverse con una energía propia. Sopló el silbato, y un sonido terrible emergió de él, más un grito desesperado que un silbido, resonando en la cueva y haciendo que los espíritus se materializaran frente a ellos.

Alejandro y Tzitzimitl quedaron impresionados por la aparición de los espíritus.

—Está bien —dijo Alejandro—. Si quieres salir, libera a todos los espíritus también.

Doroteo asintió y sopló el silbato de nuevo, esta vez con una melodía diferente. Los espíritus comenzaron a desaparecer, liberados de su encierro.

Alejandro miró a Doroteo con determinación.

—Dame el silbato y te daré la Flor del Tiempo.

Doroteo aceptó el trato y entregó el silbato a Alejandro. Juntos, sujetando la flor, salieron de la cueva. Al llegar a la entrada, el espíritu del tiempo se manifestó ante ellos.

—Han cumplido su promesa —dijo el espíritu, su voz llena de aprobación—. Pero antes de permitir su salida, debo ver un último acto de nobleza.

Doroteo, sabiendo lo que debía hacer, levantó el silbato y lo sopló suavemente. El sonido que emergió fue aún más terrible que antes, un grito que parecía provenir de las profundidades del mismo inframundo. Los espíritus de la cueva aparecieron una vez más, pero esta vez no para causar miedo, sino para ser liberados.

—Espíritus de la cueva, están libres —dijo Doroteo con voz firme—. Vayan en paz.

Uno a uno, los espíritus comenzaron a desaparecer, liberados de su prisión eterna. El espíritu del tiempo observó el acto con satisfacción.

—Doroteo Arango, has demostrado tu verdadera nobleza —dijo el espíritu—. Felicidades, guardián del silbato de la muerte.

Doroteo bajó la cabeza, conmovido.

—Perdóname, espíritu del tiempo. Prometo enmendar mis actos pasados.

El espíritu del tiempo asintió, aceptando sus disculpas.

—Ahora, Alejandro, entreguen la Flor del Tiempo.

Con cuidado, Alejandro extendió la flor hacia el espíritu, quien la tomó con gracia. Una luz brillante envolvió a Doroteo, Alejandro y Tzitzimitl, y en un instante, se encontraron fuera de la cueva, la luz del día bañándolos.

El espíritu del tiempo se manifestó una última vez ante ellos.

—Liberar a esos espíritus ha sido el acto más noble que he visto en ti, Doroteo —dijo el espíritu—. Felicidades, guardián del silbato de la muerte.

Doroteo bajó la cabeza, conmovido.

—Perdóname, espíritu del tiempo. Prometo enmendar mis actos pasados.

El espíritu del tiempo asintió, aceptando sus disculpas.

Con la Flor del Tiempo en sus manos y el Silbato de Mictlantecuhtli seguro, Alejandro y Tzitzimitl sabían que habían dado un paso crucial en su misión. Las palabras del espíritu resonaron en el aire mientras se preparaban para su próxima prueba.

Con la promesa de Doroteo de proteger la reliquia y no buscar más riquezas, el trío se despidió del espíritu del tiempo, sabiendo que su camino aún era largo y peligroso. Pero ahora, con la Flor del Tiempo y el Silbato de Mictlantecuhtli en su poder, estaban un paso más cerca de cumplir su misión y traer paz a los espíritus atormentados.

Doroteo miró a Alejandro y Tzitzimitl con una expresión de gratitud y determinación.

—Gracias por confiar en mí. Prometo que no defraudaré su confianza. Juntos, haremos lo correcto.

Alejandro asintió, satisfecho con la resolución de Doroteo.

—Lo sé, Doroteo. Ahora debemos continuar nuestra misión. Hay muchos más espíritus que necesitan nuestra ayuda, y muchas reliquias que debemos encontrar.

Tzitzimitl, observando a determinación de ambos hombres, intervino.

—Nuestro próximo paso es usar el silbato para ayudar a la Llorona a reunirse con sus hijos. Debemos estar preparados para cualquier cosa.

Con una última mirada a la cueva, Alejandro, Tzitzimitl y Doroteo se pusieron en marcha, sabiendo que la verdadera batalla apenas comenzaba. El destino de muchos dependía de su éxito, y estaban dispuestos a enfrentar cualquier desafío que se les presentara.

El camino era incierto, pero su determinación era inquebrantable. Unidos por una causa común, avanzaban con la esperanza de traer paz a los espíritus atormentados y restaurar el equilibrio entre los mundos de los vivos y los muertos.

Capítulo 15: Un reencuentro espectral.

Alejandro y Tzitzimitl regresaron al hospital en Durango para buscar a Isabel. Ya habían obtenido la Flor del Tiempo y el Silbato de Mictlantecuhtli, y ahora tenían una historia increíble que contar. Isabel estaba sentada en su cama, esperando ansiosa su regreso. Su rostro se iluminó al verlos entrar.

—¿Cómo están? —preguntó, su voz llena de preocupación y alivio.

Alejandro sonrió, mostrando el silbato que llevaba colgado al cuello.

—Lo logramos, Isabel. Tenemos el silbato y hemos liberado al anciano.

Isabel se levantó con cuidado, todavía un poco débil, pero decidida.

—Entonces, ¿estamos listos para continuar nuestra misión?

Tzitzimitl intervino, con una expresión seria en su rostro.

—Isabel, creemos que lo mejor sería que regresaras al Cerro del Coyote. Es importante que resguardes las reliquias que ya hemos obtenido y te mantengas a salvo. No podemos permitir que sufras otro ataque.

Isabel negó con la cabeza, su mirada decidida.

—No, necesito ayudar con el collar de Coatlicue. Debo ayudar a la Llorona, especialmente después de saber la verdadera historia.

Alejandro miró a Tzitzimitl, y aunque sabía que el chamán tenía razón, también entendía el deseo de Isabel de continuar con ellos.

—Está bien —dijo finalmente—. Isabel, puedes continuar con nosotros hasta que obtengamos el collar. Después de eso, regresaremos al Cerro del Coyote.

Tzitzimitl suspiró, pero asintió, aceptando la decisión de Alejandro.

—Muy bien, pero debemos ser extremadamente cuidadosos. El camino es peligroso y las fuerzas oscuras aún nos acechan.

Con esa resolución, ayudaron a Isabel a salir del hospital y se dirigieron de vuelta a Guanajuato. Alejandro llevaba el silbato de Mictlantecuhtli colgado al cuello, y pronto comenzó a notar algo extraño. Voces susurrantes empezaron a invadir su mente, voces que solo él podía escuchar.

Las voces eran inquietantes, llenas de lamentos y susurros de los muertos. Al principio, intentó ignorarlas, pensando que era solo su imaginación. Pero con cada paso que daban, las voces se volvían más fuertes y persistentes.

—¿Estás bien, Alejandro? —preguntó Isabel, notando su expresión tensa.

Alejandro asintió, tratando de mantener la calma.

—Sí, estoy bien. Solo un poco cansado.

Sabía que no podía preocupar a Isabel y Tzitzimitl, pero la verdad era que el silbato estaba comenzando a corromper su alma, tal como Doroteo les había advertido. Las voces no solo eran perturbadoras; estaban empezando a afectar su juicio y su fuerza de voluntad.

Mientras conducían de regreso a Guanajuato, las voces se intensificaron. Alejandro se encontró luchando para mantenerse concentrado en la carretera. Sus manos temblaban ligeramente, y el sudor frío le corría por la frente.

—Alejandro, ¿estás seguro de que puedes seguir conduciendo?

—preguntó Tzitzimitl, preocupado.

Alejandro asintió, apretando el volante con fuerza.

—Sí, puedo hacerlo. Solo necesito un poco de aire fresco.

Hicieron una parada en el camino para que Alejandro pudiera descansar un momento. Mientras se alejaba del coche, las voces en su mente parecían disminuir, pero no desaparecían por completo. Sentía una presencia constante, como si los espíritus estuvieran observando cada uno de sus movimientos.

—¿Qué te está pasando, Alejandro? —preguntó Isabel, acercándose a él con preocupación.

Alejandro suspiró, frotándose las sienes.

—Es el silbato. Creo que está tratando de corromperme. Escucho voces, susurros de los muertos. Es... es difícil de explicar.

Tzitzimitl asintió, entendiendo la gravedad de la situación.

—Debemos tener mucho cuidado. El poder de esa reliquia es inmenso y peligroso. Pero no estás solo en esto, Alejandro. Estamos aquí para ayudarte.

Alejandro asintió, sintiendo una chispa de esperanza en medio de su lucha interna.

—Gracias, Tzitzimitl. Gracias, Isabel. Con su ayuda, lo lograré.

Retomaron su camino hacia Guanajuato, con Alejandro esforzándose por mantener su mente clara y enfocada. Las voces continuaban susurrando, pero él se aferraba a la determinación de completar su misión.

Llegaron a Guanajuato al anochecer y se dirigieron directamente a la tumba de la Llorona.

La noche estaba fría y silenciosa, el aire lleno de tensión. Alejandro sostuvo el silbato con mano temblorosa, sabiendo que usarlo podría traer consecuencias imprevisibles.

—Aquí vamos —dijo, tomando una respiración profunda antes de soplar el silbato.

El sonido que emergió del silbato fue un grito desesperado, un alarido que parecía provenir de las profundidades del mismo inframundo. La Llorona apareció frente a ellos, su figura espectral rodeada por un aura de tristeza y desolación.

—¿Cómo es posible que me hayan llamado? —preguntó, su voz llena de asombro y dolor.

Isabel dio un paso adelante, su voz firme pero suave.

—Hemos venido a ayudarte. Sabemos tu verdadera historia y queremos reunir a tus hijos contigo.

La Llorona miró a Isabel, con lágrimas en sus ojos espectrales.

—¿De verdad pueden hacerlo?

Isabel asintió.

—Sí, pero necesitamos tu cooperación. Debemos ir al río y usar el silbato para llamar a tus hijos.

La Llorona, llena de esperanza por primera vez en siglos, aceptó y los acompañó al río. Durante el camino, las voces en la mente de Alejandro se volvieron ensordecedoras, cada vez más insistentes y perturbadoras.

—Alejandro, ¿estás seguro de que estás bien? —preguntó Tzitzimitl, notando su sufrimiento.

Alejandro asintió, pero su voz era débil.

—Sí, solo... solo las voces. Son cada vez más fuertes.

Al llegar al río, Alejandro tomó una respiración profunda y sopló el silbato una vez más. El sonido resonó en el aire, un alarido que rompía el silencio de la noche. Los espíritus de los hijos de la Llorona comenzaron a aparecer, sus figuras pequeñas y frágiles flotando en el aire.

Pero junto con ellos, una figura oscura y maligna emergió de las sombras. Era la bruja Lile, la misma que había causado la tragedia de la Llorona. Sus ojos brillaban con maldad y su risa resonó en el aire como un eco siniestro.

—Así que han venido a arruinar mis planes —dijo la bruja, su voz goteando veneno—. No permitiré que lo logren.

La bruja lanzó un ataque directo a la voluntad de Tzitzimitl, intentando quebrarlo. Alejandro, viendo a su amigo en peligro, levantó el brazalete de fuego y lo usó para proteger a Tzitzimitl.

—¡Déjalo en paz! —gritó Alejandro, sintiendo una ola de poder fluir a través de él.

La Llorona, llena de rabia y dolor, lanzó un alarido desgarrador que resonó en el aire, un grito que mostraba el enorme poder de la bruja. Alejandro sintió que las voces en su mente se volvían ensordecedoras, pero no podía rendirse.

De repente, Alejandro y la bruja entraron en un trance extraño, un enfrentamiento de voluntades que trascendía el plano físico. En este lugar, sus almas luchaban en una batalla épica de poder.

Alejandro sintió que la oscuridad intentaba consumirlo, pero recordó las palabras de Tzitzimitl y Doroteo. Con cada fibra de su ser, luchó contra la bruja, usando el poder de las reliquias y su propia fuerza de voluntad para resistir.

La batalla era intensa, un choque de energías que iluminaba el trance con destellos de luz y oscuridad. Alejandro, con una determinación inquebrantable, avanzó hacia la bruja, sintiendo su propio poder crecer con cada paso.

—No permitiré que destruyas más vidas —dijo, su voz resonando con fuerza.

La bruja, viendo su propia derrota inminente, lanzó un último ataque desesperado. Pero Alejandro, con un grito de desafío, canalizó toda su energía y lanzó un ataque final, un rayo de luz que atravesó la oscuridad y golpeó a la bruja con una fuerza devastadora.

La bruja gritó en agonía y se desplomó, su cuerpo etéreo desvaneciéndose en la nada. Alejandro, exhausto pero victorioso, despertó del trance, encontrándose de nuevo junto al río.

—Lo logramos —susurró, con voz débil.

Usó el silbato una vez más, y los hijos de la Llorona aparecieron por completo, sus figuras espectrales transformándose en niños pequeños y sonrientes. La Llorona, al ver a sus hijos, se transformó de un espectro de terror a una mujer indígena hermosa, recuperando su imagen antes de ser convertida en espíritu. Sus ojos brillaban con lágrimas de alegría mientras abrazaba a sus hijos con una intensidad que parecía traspasar los siglos de sufrimiento y desesperación.

—Gracias, gracias por devolverme a mis hijos —dijo la Llorona, su voz llena de gratitud y alivio—. Han traído paz a mi alma atormentada.

Isabel, conmovida por la escena, dio un paso adelante y le tendió la mano a la Llorona.

—Nosotros también debemos agradecerte a ti. Tu historia y tu lucha no serán olvidadas. Ahora, por favor, entréganos el Collar de Coatlicue para que podamos seguir ayudando a más almas perdidas.

La Llorona asintió, retirando el collar de su cuello y entregándoselo a Isabel. El collar estaba hecho de cuentas verdes y doradas, irradiando una energía poderosa y protectora.

—Te entrego el Collar de Coatlicue. Protégelo y úsalo para guiar a otras almas hacia la paz que yo he encontrado. Te nombro guardiana de la vida, Isabel.

Isabel tomó el collar con reverencia, sintiendo el peso de la responsabilidad que se le confería.

—Prometo protegerlo y usar su poder para ayudar a más almas perdidas.

Con una última sonrisa llena de gratitud, la Llorona y sus hijos se desvanecieron en el aire, finalmente en paz. El río quedó en silencio, pero la sensación de alivio y esperanza llenaba el ambiente.

Alejandro, sin embargo, estaba agotado. La batalla interna y externa habían drenado sus fuerzas, y el poder del silbato seguía pesando sobre él. Sintió que sus piernas cedían y se desplomó en el suelo, inconsciente.

—¡Alejandro! —gritó Isabel, corriendo hacia él con Tzitzimitl a su lado.

Tzitzimitl se arrodilló junto a Alejandro, revisando su pulso y su respiración.

—Está exhausto, pero estará bien. Solo necesita descansar.

Isabel tomó la mano de Alejandro, sus ojos llenos de preocupación.

—Ha hecho un gran sacrificio. Tenemos que ayudarlo a recuperarse.

Con cuidado, llevaron a Alejandro a un lugar seguro, improvisando un campamento junto al río. Tzitzimitl preparó una infusión de hierbas para ayudar a Alejandro a recuperar sus fuerzas, mientras Isabel lo cuidaba, velando por él durante toda la noche.

El amanecer trajo consigo una brisa fresca y renovadora. Alejandro abrió los ojos lentamente, sintiendo el dolor y el cansancio en cada parte de su cuerpo, pero también una sensación de paz.

—¿Dónde estoy? —preguntó con voz ronca, mirando a su alrededor.

—Estás a salvo, Alejandro —respondió Isabel, con una sonrisa de alivio—. Has hecho un gran sacrificio, pero estamos aquí para ayudarte.

Tzitzimitl se acercó, ofreciéndole una taza de la infusión que había preparado.

—Bebe esto. Te ayudará a recuperar tus fuerzas.

Alejandro tomó la taza y bebió el líquido amargo, sintiendo cómo el calor se extendía por su cuerpo, dándole nueva energía.

—Gracias —dijo, mirando a Isabel y Tzitzimitl con gratitud—. No podría haberlo logrado sin ustedes.

Isabel le apretó la mano, sus ojos brillando con determinación.

—Somos un equipo, Alejandro. Y aún tenemos mucho por hacer.

Alejandro asintió, sintiendo una nueva chispa de esperanza y determinación encenderse en su interior.

—Sí, aún hay muchas almas que necesitan nuestra ayuda. Y con el Collar de Coatlicue, estamos un paso más cerca de cumplir nuestra misión.

Tzitzimitl asintió, mirando el collar con respeto.

—Debemos seguir adelante. El camino es largo y peligroso, pero juntos podemos enfrentar cualquier desafío.

Con una nueva sensación de propósito, el grupo se preparó para continuar su misión. Alejandro, aunque todavía sentía el peso del silbato, estaba decidido a seguir adelante y proteger a los suyos.

Durante los siguientes días, Alejandro luchó constantemente contra las voces del silbato. Cada vez que intentaba descansar, los susurros se volvían más insistentes, como si los espíritus estuvieran tratando de corromper su voluntad. Pero con la ayuda de Isabel y Tzitzimitl, logró mantener su mente enfocada y su determinación inquebrantable.

Mientras avanzaban por los paisajes montañosos y los valles verdes, Alejandro no podía evitar reflexionar sobre su lucha interna. Sabía que el silbato era una herramienta poderosa, pero también entendía que su influencia podía ser peligrosa si no mantenía su voluntad fuerte.

—Alejandro, debemos hablar sobre el silbato —dijo Tzitzimitl una noche, mientras descansaban junto a una fogata—. Su poder es inmenso, pero también puede destruirte si no tienes cuidado.

Alejandro asintió, mirando el fuego con expresión pensativa.

—Lo sé, Tzitzimitl. Siento su influencia cada día, tratando de corromperme. Pero no puedo dejar que me consuma. Debo usar su poder para el bien.

Isabel, sentada junto a Alejandro, le puso una mano en el hombro.

—No estás solo en esto. Estamos aquí para ayudarte a resistir. Juntos, podemos superar cualquier obstáculo.

Las palabras de Isabel le dieron a Alejandro una renovada esperanza. Sabía que con sus amigos a su lado, podría enfrentar cualquier desafío.

Capítulo 16: En Busca de Nuevas Decisiones

El viaje de regreso al Cerro del Coyote fue largo y agotador. Alejandro conducía su carro por los caminos serpenteantes, mientras Isabel descansaba en el asiento trasero y Tzitzimitl vigilante a su lado. La sensación de alivio por haber ayudado a la Llorona aún estaba presente, pero el cansancio y la tensión no se disipaban tan fácilmente.

Después de varias horas de conducir en silencio, Tzitzimitl decidió romper la tensión con una conversación.

—Alejandro, me preocupa tu aprendizaje y el efecto que el Silbato de Mictlantecuhtli puede tener en ti a largo plazo —dijo Tzitzimitl, su voz llena de seriedad—. Es una reliquia poderosa y peligrosa. ¿Cómo te sientes?

Alejandro suspiró, sintiendo el peso de la responsabilidad sobre sus hombros.

—Es difícil, Tzitzimitl. Las voces no se detienen, y siento que cada día es más difícil mantener mi voluntad firme. Pero sé que tengo que seguir adelante. No puedo dejar que me consuma.

Tzitzimitl asintió, comprendiendo la lucha interna de Alejandro.

—Debes ser fuerte, Alejandro. No solo por ti, sino por todos los que dependen de nosotros. Recuerda que no estás solo en esto. Estamos aquí para ayudarte.

Alejandro miró a Tzitzimitl con gratitud.

—Gracias, Tzitzimitl. Valoro tu apoyo más de lo que puedo expresar. Prometo que haré todo lo posible para resistir la influencia del silbato.

Mientras continuaban su camino, Alejandro decidió abrirse más sobre su pasado.

—Sabes, mi infancia no fue fácil. Mi padre era abogado, un hombre muy estricto y exigente. Siempre esperaba mucho de mí y me presionaba para seguir sus pasos. Pero nunca sentí que ese era mi camino.

Tzitzimitl escuchaba atentamente, mientras Alejandro continuaba.

—Mi abuelo era mi único respiro. Era un cronista local de leyendas, un hombre sabio y comprensivo. Pasar tiempo con él me daba la paz y la inspiración que necesitaba. Él fue quien me enseñó a valorar nuestra historia y nuestras tradiciones.

Tzitzimitl asintió, viendo la conexión entre el pasado de Alejandro y su actual misión.

—Tu abuelo te preparó para este camino, Alejandro. Aunque no lo sabías en ese momento, todo lo que has vivido te ha llevado a esto.

Alejandro sonrió, sintiendo una renovada sensación de propósito.

—Tienes razón, Tzitzimitl. Estoy donde debo estar, y haré todo lo posible para honrar su legado.

Finalmente, llegaron al Cerro del Coyote. La familiaridad del lugar ofrecía un consuelo momentáneo, pero sabían que aún había muchas decisiones que tomar y desafíos que enfrentar. Mientras se instalaban en la casa de

Alejandro, Tzitzimitl no pudo evitar expresar sus preocupaciones.

—Isabel, creo que deberías quedarte aquí y resguardar las reliquias —dijo Tzitzimitl, su voz firme pero no autoritaria—. Eres la guardiana de la vida ahora, y tu inexperiencia en el campo podría ponerte en peligro.

Isabel frunció el ceño, visiblemente contrariada.

—No, Tzitzimitl. Sé que soy nueva en esto, pero no puedo quedarme aquí y no hacer nada. Quiero ayudar y aprender. Debo honrar la confianza que la Llorona puso en mí.

Alejandro miraba la discusión con una expresión preocupada. Comprendía los puntos de ambos. Quería proteger a Isabel después de lo sucedido en Durango, pero también respetaba su deseo de ser útil.

—Tzitzimitl, entiendo tus preocupaciones —intervino Alejandro—, pero Isabel tiene razón. Ella ha demostrado su valor y tiene derecho a decidir cómo quiere contribuir.

Tzitzimitl suspiró, rascándose la barba pensativamente.

—Alejandro, no es solo su seguridad la que me preocupa. La protección de las reliquias es una responsabilidad enorme. Necesitamos a alguien con experiencia para garantizar su seguridad.

Isabel cruzó los brazos, visiblemente molesta.

—¿Así que solo soy un riesgo? —preguntó con voz temblorosa—. Pensé que confiaban en mí.

La tensión en el aire era palpable. Decidieron tomarse un pequeño descanso para calmar los ánimos y reflexionar sobre la situación. Alejandro, buscando aliviar la tensión y conocer mejor a Isabel, sugirió que se tomaran un tiempo para hablar.

—Isabel, ¿te gustaría dar un paseo? —preguntó Alejandro, tratando de suavizar el ambiente.

Isabel asintió, agradecida por el gesto. Salieron de la casa y comenzaron a caminar por los senderos familiares del cerro. El aire fresco y el paisaje tranquilo proporcionaban un respiro necesario del estrés acumulado.

—¿Cómo te sientes? —preguntó Alejandro, después de un rato caminando en silencio.

—Confundida —admitió Isabel—. Quiero ayudar, pero entiendo por qué Tzitzimitl está preocupado. Sin embargo, no puedo simplemente quedarme y no hacer nada.

Alejandro asintió, comprendiendo sus sentimientos.

—Cuéntame más sobre ti, Isabel. ¿Cuál era tu sueño cuando eras niña?

Isabel sonrió levemente, recordando esos tiempos.

—Quería ser estilista. Siempre me ha gustado transformar y embellecer a las personas. Verlas felices después de un cambio de imagen siempre me hizo sentir bien.

Alejandro sonrió, imaginando a una joven Isabel persiguiendo su sueño.

—¿Y qué te llevó a trabajar en el puesto que tienes ahora en el pueblo?

Isabel tomó una respiración profunda antes de responder.

—Crecí en una familia humilde. Mi padre era campesino y mi madre ama de casa. No teníamos mucho, pero siempre tuvimos amor y apoyo. Desde niña, me fascinaban las historias de aventuras y misterios. Solía pasar horas leyendo sobre leyendas y mitos. Eso despertó en mí un deseo de explorar y descubrir.

Alejandro escuchaba atentamente, intrigado por su historia.

—Cuando terminé la escuela, supe que quería hacer algo que me permitiera ayudar a las personas y también satisfacer mi sed de aventuras. Así que cuando surgió la oportunidad de trabajar en el departamento de cultura del pueblo, la tomé. Me pareció la mejor manera de combinar mis pasiones.

—Debe haber sido difícil dejar atrás tu sueño de ser estilista —comentó Alejandro.

Isabel asintió, con una expresión nostálgica.

—Sí, lo fue. Pero sentí que podía hacer una diferencia en el pueblo, preservando nuestras tradiciones y ayudando a la gente a conectar con su historia. Además, siempre hay tiempo para retomar viejos sueños.

Alejandro asintió, impresionado por su determinación y dedicación.

—Eres una persona increíble, Isabel. Tu pasión por ayudar y tu valentía son inspiradoras.

Isabel sonrió, agradecida por sus palabras.

—Gracias, Alejandro. Significa mucho para mí. Y tú, ¿qué soñabas ser cuando eras niño?

Alejandro se rió suavemente, pensando en su propia infancia.

—Quería ser historiador, pero nunca imaginé que terminaría envuelto en una misión tan peligrosa y emocionante como esta. Pero aquí estamos, enfrentando desafíos y haciendo lo mejor que podemos.

Isabel asintió, su mirada llena de determinación.

—Estamos en esto juntos, Alejandro. Y con la ayuda de Tzitzimitl, sé que podemos lograrlo.

Alejandro asintió, sintiendo una conexión más profunda con Isabel.

—Sí, juntos podemos enfrentar cualquier cosa.

Después de su conversación, Alejandro e Isabel regresaron a la casa, donde Tzitzimitl los esperaba. La tensión de antes parecía haber disminuido, pero aún había decisiones importantes que tomar.

—¿Cómo te sientes, Isabel? —preguntó Tzitzimitl, con una expresión más relajada.

—Más tranquila —respondió Isabel—. Sé que mi inexperiencia puede ser un problema, pero estoy dispuesta a aprender y ayudar en lo que pueda.

Alejandro intervino, apoyando a Isabel.

—Hemos decidido que Isabel debería quedarse con nosotros para la próxima misión. Necesitamos toda la ayuda posible, y su conocimiento del pueblo y su conexión con la Llorona pueden ser cruciales.

Tzitzimitl asintió lentamente, considerando sus palabras.

—Está bien, pero debemos ser extremadamente cuidadosos. No podemos permitir más riesgos innecesarios.

Isabel sonrió, aliviada por la decisión.

—Gracias, Tzitzimitl. No los decepcionaré.

Alejandro asintió, sintiéndose más seguro de su plan.

—Entonces, nuestra próxima misión es encontrar la Esfera de Obsidiana de Tezcatlipoca. Según nuestras investigaciones, está oculta en Chiapas.

Tzitzimitl asintió, su expresión volviéndose seria de nuevo.

—Chiapas es una tierra rica en historia y misterios. Debemos prepararnos bien y asegurarnos de que estamos listos para enfrentar cualquier desafío.

Isabel miró a Alejandro y Tzitzimitl con determinación.

—Estoy lista. Juntos, podemos lograrlo.

Con un plan renovado y una nueva determinación, el grupo se preparó para su próximo viaje, sabiendo que el camino sería largo y lleno de desafíos, pero también con la esperanza de que juntos podrían superar cualquier obstáculo.

Capítulo 17: El Despertar del Jaguar

El viaje a Chiapas fue rápido y lleno de expectativas. Alejandro, Tzitzimitl e Isabel volaron hasta Tuxtla Gutiérrez, la capital del estado, donde fueron recibidos por un familiar lejano de Tzitzimitl, un hombre robusto y afable llamado Marcos.

—¡Bienvenidos! —exclamó Marcos con una sonrisa cálida, abrazando a Tzitzimitl—. Es un honor tenerlos aquí. Mi casa es su casa.

Marcos les consiguió alojamiento en una pequeña cabaña en las afueras del pueblo, rodeada de la exuberante vegetación y la belleza natural de Chiapas. La tranquilidad del lugar contrastaba con la tensión y el peligro que sabían que enfrentaban.

—Gracias, Marcos. Necesitamos descansar un poco y luego empezar a investigar sobre la reliquia —dijo Tzitzimitl, con una expresión de gratitud.

—Por supuesto. Hagan lo que necesiten —respondió Marcos—. Pero tengan cuidado. Desde hace algunas semanas, se ha estado apareciendo un Nahual en el pueblo, trayendo consigo terror y muerte.

Alejandro frunció el ceño, intrigado.

—¿Un Nahual? ¿Qué sabes de él?

Marcos suspiró, su expresión se volvió sombría.

—Es un ser extraño que se transforma en animales. Ha atacado a varias personas, y nadie se atreve a salir por la noche. La gente está aterrorizada.

Tzitzimitl asintió, comprendiendo la gravedad de la situación.

—Alejandro, revisa el libro. Necesitamos encontrar un ritual para detener al Nahual. Mi maestro no alcanzó a enseñarme cómo hacerlo.

Alejandro sacó el libro y comenzó a buscar información sobre los Nahuales. Las páginas antiguas y amarillentas contenían un vasto conocimiento sobre criaturas míticas y rituales ancestrales.

—Aquí está —dijo Alejandro, encontrando una entrada detallada sobre los Nahuales—. Los Nahuales son poderosos hechiceros que pueden transformarse en animales. Se cree que obtienen su poder de antiguos pactos con los dioses oscuros.

Alejandro leyó en voz alta, sintiendo un escalofrío recorrer su columna vertebral.

—"Los Nahuales son seres temidos y respetados en las culturas mesoamericanas. Se dice que pueden adoptar la forma de animales para protegerse o atacar a sus enemigos. Solo pueden ser atraídos y apaciguados con música ancestral, que les recuerda la conexión con los dioses."

Alejandro continuó leyendo, encontrando anotaciones hechas por su abuelo.

—Mi abuelo escribió que la única manera de atraer a los Nahuales es usando música ancestral. Les atrae la música de los dioses y los apacigua.

Tzitzimitl asintió, comprendiendo la importancia de esta información.

—Entonces, necesitamos encontrar esa música y prepararnos para enfrentarlo.

Esa noche, el grupo se preparó para atraer al Nahual. Marcos les proporcionó instrumentos musicales tradicionales que habían sido transmitidos de generación en generación en su familia. Mientras se preparaban, Alejandro no podía dejar de sentir la presión de la responsabilidad. Las voces del Silbato de Mictlantecuhtli seguían susurrándole, tratando de corromper su voluntad.

—Alejandro, ¿estás seguro de que puedes hacerlo? —preguntó Isabel, notando su tensión.

Alejandro asintió, aunque no sin dificultad.

—Sí, puedo hacerlo. Debemos detener al Nahual y proteger a los habitantes del pueblo.

Marcos les guió hasta un claro en la selva, donde podían realizar el ritual sin ser interrumpidos. Encendieron una hoguera en el centro del claro y comenzaron a tocar la música ancestral. Los sonidos hipnóticos de los instrumentos resonaron en el aire, creando una atmósfera mística y cargada de energía.

No pasó mucho tiempo antes de que sintieran una presencia oscura acercándose. Los sonidos de la selva se silenciaron, y una sombra se deslizó entre los árboles. El Nahual había llegado.

El Nahual apareció ante ellos, su forma cambiando constantemente entre un jaguar, un lobo y un águila. Sus ojos brillaban con una luz maligna, y su presencia era aterradora.

—Así que han venido a detenerme —dijo el Nahual, su voz un susurro cargado de poder—. No podrán hacerlo.

Tzitzimitl se adelantó, levantando sus manos en un gesto de desafío.

—No dejaremos que sigas causando terror en este pueblo. Te detendremos aquí y ahora.

El Nahual rugió y se lanzó hacia Tzitzimitl, transformándose en un jaguar en pleno salto. Tzitzimitl reaccionó rápidamente, usando su bastón para desviar el ataque y lanzando un hechizo de protección. La batalla comenzó con una furia desatada, cada golpe resonando en la quietud de la noche.

Marcos e Isabel continuaron tocando la música ancestral, manteniendo al Nahual a raya. Sin embargo, Alejandro sabía que la música solo lo apaciguaría temporalmente. Necesitaban una solución más permanente.

Mientras observaba la batalla, Alejandro sintió una conexión extraña con el brazalete de fuego que llevaba. Recordó las palabras de Tzitzimitl sobre el verdadero poder del brazalete y decidió usarlo.

—¡Marcos, sigue tocando! —gritó Alejandro, deteniéndose y levantando el brazalete—. Voy a intentar algo.

Alejandro cerró los ojos y se concentró, canalizando toda su energía en el brazalete. Sintió una oleada de poder recorrer su cuerpo, como si el fuego mismo lo envolviera. Cuando abrió los ojos, el brazalete brillaba con una luz intensa y cálida.

—¡Nahual! —gritó Alejandro, su voz resonando con una fuerza inesperada—. Te detendremos aquí y ahora.

El Nahual se volvió hacia Alejandro, sus ojos brillando con odio.

—¿Crees que puedes detenerme, mortal?

Alejandro no respondió con palabras. En cambio, lanzó una ráfaga de energía ardiente desde el brazalete, dirigida directamente al Nahual. El jaguar saltó hacia un lado, transformándose en un águila en pleno vuelo para evitar el ataque. Pero Alejandro no se detuvo, siguió lanzando ráfagas de energía, cada una más poderosa que la anterior.

Tzitzimitl, viendo la oportunidad, se unió a la ofensiva. Usando su bastón, lanzó un hechizo que encadenó al Nahual con luz, inmovilizándolo temporalmente. El Nahual luchaba ferozmente contra las cadenas de luz, pero Alejandro y Tzitzimitl mantuvieron la presión.

—¡Ahora, Isabel! —gritó Alejandro—. Usa la música para apaciguarlo.

Isabel tocó una melodía más intensa y resonante, que parecía penetrar en el mismo corazón del Nahual. La bestia aulló y se retorció, su forma cambiando caóticamente entre animal y humano. La música parecía debilitarlo, haciéndolo más vulnerable.

De repente, una figura sombría apareció entre las sombras de la selva. El Charro Negro emergió, su presencia maligna irradiando una oscuridad palpable.

—Así que volvemos a encontrarnos —dijo el Charro Negro, con una sonrisa siniestra—. ¿Creían que podrían detenerme?

Alejandro, ya harto del Charro Negro, decidió enfrentarse a él mano a mano.

—¡No permitiré que sigas con tus planes! —gritó Alejandro, corriendo hacia él.

El Charro Negro rió con desdén.

—Eres valiente, pero también muy ingenuo.

Alejandro levantó el Silbato de Mictlantecuhtli y lo sopló, esperando detener al Charro Negro. Pero en lugar de debilitarlo, el silbato pareció darle más poder.

—Gracias por el refuerzo —dijo el Charro Negro, con una voz goteando sarcasmo—. Este silbato solo amplifica mi poder.

Con un movimiento rápido, el Charro Negro derribó a Alejandro, dejándolo herido en el suelo. Sin embargo, en ese momento, el Nahual, temporalmente liberado de la influencia de Charro Negro, se volvió contra él.

—¡No! —rugió el Nahual, lanzándose hacia el Charro Negro con una furia desenfrenada.

La batalla entre el Nahual y el Charro Negro fue feroz y despiadada. Tzitzimitl e Isabel aprovecharon la oportunidad para llevar a Alejandro a un lugar seguro.

—¡Rápido, a la cabaña! —dijo Tzitzimitl, ayudando a Isabel a cargar a Alejandro.

Marcos se unió a ellos, guiándolos de regreso a la cabaña a través de la selva oscura. Mientras tanto, el Nahual y el Charro Negro continuaban su batalla, cada golpe resonando con una intensidad sobrenatural.

En la cabaña, Tzitzimitl e Isabel hicieron todo lo posible por atender las heridas de Alejandro. La noche era tensa y cargada de incertidumbre, pero sabían que tenían que mantenerse fuertes.

—¿Estará bien? —preguntó Isabel, con voz temblorosa.

—Hará falta tiempo, pero Alejandro es fuerte. Necesitamos vigilarlo de cerca y asegurarnos de que se recupere —respondió Tzitzimitl, aplicando ungüentos a las heridas de Alejandro.

Marcos ayudó a Isabel a preparar una infusión de hierbas para acelerar la recuperación de Alejandro. Mientras tanto, en la selva, el Charro Negro y el Nahual continuaban su feroz batalla.

El Nahual, sintiendo una repentina liberación de la influencia maligna del Charro Negro, luchaba con una fuerza renovada. Sin embargo, el Charro Negro no estaba dispuesto a rendirse fácilmente. Usó su poder oscuro para someter nuevamente al Nahual.

—¡No podrás escapar de mí! —gritó el Charro Negro, lanzando un rayo de oscuridad hacia el Nahual.

El Nahual, herido pero determinado, esquivó el ataque y se lanzó con toda su fuerza contra el Charro Negro. En el calor del combate, ambos se adentraron más en la selva, alejándose del claro donde todo había comenzado.

De regreso en la cabaña, Alejandro comenzó a despertar. Sus ojos se abrieron lentamente y se encontró rodeado por sus amigos.

—¿Qué… qué pasó? —preguntó, su voz débil.

—Estás a salvo, Alejandro —dijo Isabel, apretando su mano—. Logramos llevarte aquí a la cabaña. El Nahual está luchando contra el Charro Negro.

Alejandro intentó incorporarse, pero Tzitzimitl lo detuvo suavemente.

—Debes descansar, Alejandro. Has hecho todo lo que podías. Ahora debemos esperar.

Alejandro asintió, aunque la preocupación seguía marcada en su rostro.

—Espero que el Nahual pueda resistir. No podemos permitir que el Charro Negro siga con sus planes.

Mientras Alejandro descansaba, Tzitzimitl e Isabel vigilaban los alrededores de la cabaña, asegurándose de que estaban a salvo. La tensión era palpable, y el sonido de la selva nocturna parecía amplificar el nerviosismo del grupo.

De repente, un sonido distante rompió el silencio de la noche. Era un grito de dolor, seguido por un rugido feroz. El Charro Negro había capturado nuevamente al Nahual.

—¡Tenemos que ayudarlo! —exclamó Isabel, levantándose de un salto.

—No podemos hacer nada ahora —dijo Tzitzimitl, su voz llena de pesar—. Necesitamos un plan. No podemos enfrentarnos al Charro Negro sin estar preparados.

El Charro Negro, mientras tanto, comenzó a torturar al Nahual, tratando de extraer la ubicación de la Esfera de Obsidiana.

—¡Dime dónde está! —gritó el Charro Negro, su voz llena de odio—. Necesito esa esfera para controlar a esos mortales.

El Nahual, a pesar del dolor, se negó a revelar la información. Sabía que su deber era proteger la reliquia a toda costa.

—Nunca te lo diré —respondió el Nahual, con voz débil pero decidida.

En medio de su tortura, una luz brillante apareció en la selva. Era el dios Tezcatlipoca, quien había descendido al mundo mortal para proteger al Nahual.

—¡Basta! —tronó la voz de Tezcatlipoca, resonando por toda la selva—. No permitiré que sigas con tus malvados planes, Charro Negro.

El Charro Negro se volvió hacia la deidad, su expresión oscureciéndose.

—Tezcatlipoca, no tienes poder aquí. Este es mi dominio ahora.

Tezcatlipoca levantó su cetro, y una ola de energía pura golpeó al Charro Negro, forzándolo a soltar al Nahual.

—Tu reinado de terror termina aquí, Charro Negro. Deja a mi guardián en paz.

El Charro Negro, furioso pero sabiendo que no podía vencer a Tezcatlipoca en ese momento, retrocedió lentamente.

—Esto no ha terminado —dijo, antes de desvanecerse en la oscuridad.

Tezcatlipoca se acercó al Nahual, que yacía herido en el suelo.

—Has cumplido bien tu deber, guardián. Ahora, déjame aliviar tu sufrimiento.

Con un toque de su mano, Tezcatlipoca sanó las heridas del Nahual y le otorgó una fuerza renovada.

—Gracias, mi señor —dijo el Nahual, con una reverencia—. ¿Qué debo hacer ahora?

Tezcatlipoca miró hacia la cabaña donde Alejandro, Tzitzimitl e Isabel se encontraban.

—Debes guiarlos a la Esfera de Obsidiana. Ellos son los elegidos para continuar esta misión.

El Nahual asintió y, con una nueva determinación, se dirigió hacia la cabaña para reunirse con los demás.

En la cabaña, el grupo se preparaba para lo peor, cuando de repente escucharon un golpe en la puerta. Marcos abrió y se encontró cara a cara con el Nahual, ahora en su forma humana.

—¿Estás... bien? —preguntó Marcos, con cautela.

—Sí —respondió el Nahual—. Tezcatlipoca me ha sanado y me ha dado la misión de guiar a Alejandro y a su grupo a la Esfera de Obsidiana.

Alejandro, aún débil pero determinado, se levantó con la ayuda de Isabel.

—¿Qué ha pasado? —preguntó, viendo al Nahua frente a él.

—El Charro Negro no obtuvo la ubicación de la esfera —dijo el Nahual—. Tezcatlipoca intervino y me sanó. Ahora debo guiarlos a la reliquia.

Tzitzimitl asintió, agradecido por la intervención divina.

—Gracias por tu ayuda. Necesitamos toda la ayuda posible para detener al Charro Negro y sus planes.

El Nahual miró a cada uno de los presentes, con una expresión de respeto y determinación.

—Vamos, entonces. No hay tiempo que perder.

Con una nueva sensación de propósito y unidad, el grupo se preparó para su próxima misión. Sabían que el camino sería largo y lleno de desafíos, pero con el Nahual a su lado y la bendición de Tezcatlipoca, tenían una esperanza renovada de éxito.

Capítulo 18: El Guardián del Espejo Negro

El amanecer trajo consigo una sensación de renovación para Alejandro, Isabel, Tzitzimitl y su nuevo aliado, el Nahual. Después de los intensos eventos de la noche anterior, el grupo estaba listo para conocer mejor a este misterioso guardián y su historia. El Nahual, ahora en su forma humana, se presentó ante ellos con una mirada de determinación y una voz profunda que resonaba con autoridad.

—Mi nombre es Ocelotl —dijo el Nahual—. Soy el guardián de la Esfera de Obsidiana de Tezcatlipoca, y es momento de contarles mi historia.

Ocelotl comenzó su relato mientras se sentaban en un círculo alrededor de una pequeña fogata. La luz del fuego bailaba en sus ojos oscuros mientras hablaba.

—Desde mi nacimiento, fui marcado por Tezcatlipoca. Mi familia y mi pueblo temían mis poderes, pues desde temprana edad podía comunicarme con los animales y transformarme en ellos. Por esta razón, me aislé en la selva, buscando paz y propósito.

La voz de Ocelotl se tornó más seria mientras continuaba.

—Tezcatlipoca, el dios del espejo negro, me encontró en mi soledad. Él me entrenó, me enseñó magia antigua y a perfeccionar mis habilidades. Aprendí a usar mis poderes no solo para protegerme, sino también para proteger a otros. Finalmente, me llevó a las ruinas de un antiguo templo dedicado al jaguar, donde me otorgó la tarea de proteger la Esfera de Obsidiana.

Alejandro, Isabel y Tzitzimitl escuchaban con atención, comprendiendo la gravedad de la situación.

—Me advirtió que aquel que fuera digno se reflejaría en el espejo negro de Tezcatlipoca, un espejo que muestra la verdad del alma de cada ser viviente. Durante muchos años, protegí la esfera, manteniendo a raya a aquellos que no eran dignos. Pero recientemente, el Charro Negro usó sus poderes oscuros para manipularme y forzarme a cometer crímenes en el pueblo.

Tzitzimitl, siempre pragmático, intervino.—¿Cómo crees que el Charro Negro logró manipularte tan fácilmente?

Ocelotl suspiró, su expresión endureciéndose.—El Charro Negro es un maestro de la manipulación. Aprovechó mis miedos y dudas, usándolos en mi contra. Me hizo creer que mis acciones estaban justificadas, que estaba protegiendo la Esfera de Obsidiana al eliminar cualquier amenaza potencial. Pero ahora veo que solo estaba sembrando caos y miedo.

Alejandro colocó una mano reconfortante en el hombro de Ocelotl.—Lo importante es que ahora estás libre de su influencia y que estamos juntos en esto. Debemos mantenernos fuertes y unidos.

Tzitzimitl asintió, comprendiendo la gravedad de la situación.

—El Charro Negro es un ser astuto y poderoso. No solo buscaba sembrar terror, sino también obtener la Esfera de Obsidiana para descubrir sus siguientes pasos. Pero ahora estoy libre de su influencia, gracias a ustedes y a Tezcatlipoca.

Ocelotl se levantó, su figura imponente a la luz del fuego.

—Es momento de llevarlos al templo y poner a prueba su valía.

El viaje al templo fue arduo y desafiante, la selva densa y llena de vida les impedía avanzar rápidamente. Alejandro observaba con fascinación la flora y fauna que los rodeaba, mientras Ocelotl les contaba más sobre su vida en la selva.

—Cuando me aparté de mi pueblo, encontré refugio en la selva —dijo Ocelotl, apartando unas ramas—. Aquí, los animales me aceptaron como uno de los suyos. Aprendí a comunicarme con ellos y a vivir en armonía con la naturaleza.

Alejandro se acercó a Ocelotl, interesado en saber más.

—Debe haber sido difícil estar solo.

Ocelotl asintió, con una mirada melancólica.

—Al principio, sí. Pero con el tiempo, encontré consuelo en mi conexión con la naturaleza. Y fue en ese momento de soledad cuando Tezcatlipoca me encontró y me otorgó su favor. Me enseñó a usar mi magia y a proteger la Esfera de Obsidiana.

Caminando por la selva, Ocelotl les habló más sobre los rituales y las enseñanzas de Tezcatlipoca.

—El templo del jaguar es un lugar sagrado —explicó Ocelotl, apartando ramas y enredaderas—. Aquí, Tezcatlipoca me otorgó su favor y me confió la Esfera de Obsidiana. El espejo negro en el templo revela la verdad del alma de cada ser. Solo los dignos pueden ver su verdadero reflejo.

Isabel, intrigada, preguntó:—¿Cómo es el espejo negro?

Ocelotl se detuvo un momento, mirando a Isabel.—Es un espejo hecho de obsidiana pura, pulida hasta un brillo que puede reflejar la verdad misma. Cuando te paras frente a él, ves más que tu reflejo físico. Ves tu alma, tu verdadera esencia. Tezcatlipoca usa este espejo para juzgar la valía de aquellos que buscan su favor.

Finalmente, después de varias horas de caminata, llegaron a las ruinas del antiguo templo dedicado al jaguar. La estructura estaba cubierta de vegetación, pero aún mostraba su magnificencia y grandeza.

—Este es el templo —dijo Ocelotl, señalando la entrada—. Aquí es donde Tezcatlipoca me otorgó su favor y donde la Esfera de Obsidiana está protegida.

Al llegar al templo, el grupo sintió una mezcla de reverencia y expectación. La estructura estaba cubierta de vegetación, pero aún emanaba una aura de poder y misterio.

El grupo entró al templo, sus pasos resonando en los pasillos oscuros y húmedos. Las paredes estaban adornadas con grabados antiguos que representaban jaguares y símbolos místicos. La atmósfera era pesada y cargada de historia.

Finalmente, llegaron a una cámara central donde un gran espejo negro descansaba en un altar. El espejo reflejaba la luz de las antorchas que llevaban, creando un aura misteriosa y poderosa.

Ocelotl se acercó al espejo y lo tocó con reverencia. —Este es el espejo negro de Tezcatlipoca —dijo Ocelotl, con reverencia en su voz—. Aquel que sea digno verá su reflejo y será recompensado con la Esfera de Obsidiana.

Isabel fue la primera en acercarse al espejo. Se paró frente a él, su corazón latiendo con fuerza en su pecho. Miró su reflejo, pero nada sucedió. Su imagen permaneció inalterada en la superficie del espejo.

—Nada —dijo Isabel, con una mezcla de alivio y decepción.

El siguiente fue Tzitzimitl. Se acercó al espejo con cautela, esperando ver algún cambio. Sin embargo, su reflejo no apareció en absoluto, causando intriga y confusión en todos, especialmente en Alejandro.

—¿Qué significa esto? —preguntó Tzitzimitl, con el ceño fruncido.

Ocelotl observó atentamente el espejo.— Significa que no estás destinado a portar la

Esfera de Obsidiana. Solo los verdaderamente dignos se reflejarán en el espejo.

Finalmente, Alejandro se paró frente al espejo. Su reflejo apareció en la superficie, pero lo que vio detrás de él lo dejó sin aliento. La imagen del dios Mictlantecuhtli se reflejaba junto a la suya, una visión aterradora y poderosa.

Alejandro, creyendo saber lo que significaba, se retiró el Silbato de Mictlantecuhtli del cuello. Justo cuando lo hizo, su reflejo pareció ser diferente, moviéndose solo y reflejando una esfera oscura en su mano. Alejandro sintió un peso en su mano y al mirar hacia abajo, vio que la esfera estaba en su mano física.

—Significa que eres digno —dijo Ocelotl, con una mezcla de asombro y respeto—. La Esfera de Obsidiana te ha sido otorgada.

Todos se sorprendieron de lo sucedido, pero comprendieron la importancia del momento. Alejandro había demostrado su valía y ahora tenían otra reliquia en su poder.

Al salir del templo, un jaguar se materializó fuera del mismo, su figura majestuosa y poderosa. El jaguar se transformó en un hombre indígena de ojos negros, quien se presentó como el mismísimo Tezcatlipoca.

—Han demostrado su valía —dijo Tezcatlipoca, con una voz que resonaba como un trueno—. Completen su misión y lleven las reliquias a buen resguardo.

Tezcatlipoca les entregó una pequeña bolsa de ayate.

—Lleven el Silbato de Mictlantecuhtli en esta bolsa. Así, no seguirá afectando a ninguno de ustedes. Tengan cuidado, pues la oscuridad está cerca.

El grupo asintió, comprendiendo la advertencia y la responsabilidad que llevaban consigo. Con la Esfera de Obsidiana en su poder y la protección de Tezcatlipoca, se prepararon para enfrentar los desafíos que aún les aguardaban.

De regreso en la cabaña, el grupo se reunió para reflexionar sobre los eventos recientes y planificar sus próximos pasos. Isabel observaba la Esfera de Obsidiana con fascinación, mientras Tzitzimitl y Alejandro discutían las estrategias para proteger las reliquias.

—¿Qué significa este reflejo? —preguntó Isabel, sin apartar la vista de la esfera.

—El espejo de Tezcatlipoca muestra la verdad del alma de cada ser —respondió Ocelotl—. Alejandro ha demostrado su pureza y determinación. Es digno de portar la Esfera de Obsidiana.

Alejandro, sintiendo el peso de la responsabilidad, se acercó a la bolsa de ayate que les había dado Tezcatlipoca. Colocó el Silbato de Mictlantecuhtli en su interior, sintiendo un alivio inmediato al hacerlo.

—Debemos mantenernos unidos y vigilantes —dijo Alejandro, mirando a sus amigos—. La oscuridad no descansa, pero tampoco nosotros. Seguiremos adelante y protegeremos estas reliquias a toda costa.

Tzitzimitl asintió, con una expresión de determinación en su rostro.

—Estamos en esto juntos, Alejandro. No permitiremos que el Charro Negro o cualquier otra fuerza oscura se interponga en nuestro camino.

El grupo pasó la noche en la cabaña de Marcos, descansando y recuperándose de los eventos recientes. La conversación giró en torno a las leyendas y mitos que habían conocido, y cómo cada uno de ellos tenía un papel crucial en la misión que estaban emprendiendo.

A la mañana siguiente, Ocelotl se reunió con ellos y les ofreció más detalles sobre su historia y sus habilidades. Se sentaron alrededor de la mesa en la cabaña, con el sol filtrándose a través de las ventanas, llenando el espacio con una luz cálida.

—El entrenamiento con Tezcatlipoca fue intenso y revelador —comenzó Ocelotl, sus ojos brillando con el recuerdo—. Me enseñó a controlar mi transformación, a usar mis poderes para proteger y no para destruir. También me enseñó a conectarme con los espíritus de la selva y a usar la magia antigua para mantener el equilibrio.

Isabel, fascinada por su historia, se inclinó hacia adelante.—¿Cómo fue la primera vez que te transformaste en un animal?

Ocelotl sonrió levemente, recordando ese momento.—Fue aterrador y liberador al mismo tiempo. Sentí la fuerza del jaguar recorriendo mi cuerpo, cada músculo y cada fibra de mi ser cambiando. Pero con el tiempo, aprendí a aceptar y controlar esa transformación. Me convertí en uno con la selva y sus criaturas.

Alejandro asintió, comprendiendo la profundidad del sacrificio y la dedicación de Ocelotl.—Debe haber sido solitario, estar alejado de tu pueblo y de tu familia.

Ocelotl asintió lentamente, su mirada perdiéndose en la distancia.—Lo fue. Pero sabía que era necesario. Mi destino estaba sellado desde el momento en que nací con estos poderes. Tezcatlipoca me mostró el camino, y yo acepté mi papel como guardián.

El grupo pasó la noche en la cabaña de Marcos, descansando y recuperándose de los eventos recientes. La conversación giró en torno a las leyendas y mitos que habían conocido, y cómo cada uno de ellos tenía un papel crucial en la misión que estaban emprendiendo.

Alejandro, sintiendo una conexión más profunda con sus compañeros, decidió compartir más sobre su propio pasado.—Mi abuelo siempre me contaba historias sobre los dioses y las leyendas de nuestro pueblo —dijo Alejandro, mirando el fuego que crepitaba en la chimenea—. Nunca pensé que esas historias se convertirían en mi realidad.

Con una nueva sensación de propósito y unidad, el grupo se preparó para lo que vendría. Sabían que el camino sería largo y lleno de peligros, pero con la ayuda de Ocelotl y la bendición de Tezcatlipoca, estaban más preparados que nunca para enfrentar los desafíos que el destino les tenía reservados.

Capítulo 19: El Ojo del alma

El viaje del grupo continuaba, y esta vez, su destino era Veracruz. La siguiente reliquia que debían encontrar era el Ojo de Oro de Xipe Totec. Según el mapa y las investigaciones realizadas, se encontraba en la famosa prisión de San Juan de Ulúa, ahora un lugar turístico lleno de leyendas y misterios.

Mientras el avión aterrizaba en el aeropuerto de Veracruz, Alejandro, Isabel, Tzitzimitl y Ocelotl repasaban los detalles de su misión.

—San Juan de Ulúa es una fortaleza histórica —dijo Alejandro, mirando por la ventana del avión—. Fue utilizada como prisión y ha sido testigo de muchos eventos importantes en nuestra historia.

Tzitzimitl asintió, su expresión seria.

—La leyenda de Jesús Arriaga, conocido como Chucho el Roto, es particularmente relevante para nuestra búsqueda. Según la historia, después de robar en Querétaro, entre las joyas que se llevó había un ojo de oro. Cuando lo capturaron y lo llevaron a San Juan de Ulúa, el ojo no fue encontrado.

Isabel, intrigada, preguntó:

—¿Y cómo sabemos que el ojo de oro que buscamos es la reliquia de Xipe Totec?

Alejandro abrió el libro y leyó en voz alta.

—"El Ojo de Oro de Xipe Totec tiene el poder de crear ilusiones y manipular la mente de las personas. Permite que su portador sea visto como él quiere ser visto." Chucho el Roto, al usar esta reliquia, pudo hacerse pasar por un aristócrata de la época porfiriana, lo que le permitió llevar a cabo sus robos con facilidad.

Ocelotl, siempre atento a los detalles, añadió:

—Antes de morir, Chucho logró esconder la reliquia en su celda. Debemos descubrir en qué celda estaba encerrado y encontrar el ojo de oro.

Al llegar a Veracruz, el grupo se dirigió directamente a San Juan de Ulúa. La fortaleza, con sus gruesos muros y su atmósfera cargada de historia, los recibió con una mezcla de solemnidad y misterio. Se unieron a un tour guiado para no levantar sospechas y comenzaron a explorar el lugar, buscando pistas sobre la ubicación de la celda de Chucho el Roto.

El guía turístico, un hombre de mediana edad con un profundo conocimiento de la historia del lugar, les contó muchas historias y leyendas sobre la fortaleza.

—San Juan de Ulúa ha sido testigo de innumerables eventos históricos —dijo el guía—. Desde su construcción en el siglo XVI, ha servido como fortaleza militar, prisión y ahora como museo. Una de las leyendas más fascinantes es la de Jesús Arriaga, conocido como Chucho el Roto, un ladrón que se ganó el aprecio del pueblo por robar a los ricos y ayudar a los pobres.

Alejandro, interesado en obtener más información, preguntó:

—¿Puede mostrarnos la celda donde estuvo encarcelado Chucho el Roto?

El guía asintió y los condujo a través de los estrechos pasillos de la prisión hasta una pequeña celda en la esquina más oscura del edificio.

—Esta es la celda donde Chucho el Roto pasó sus últimos días —dijo el guía—. Se dice que, antes de morir, logró esconder algo valioso aquí, pero nunca fue encontrado.

Alejandro, Isabel, Tzitzimitl y Ocelotl se miraron con complicidad. Sabían que el "algo valioso" era el Ojo de Oro de Xipe Totec. Esperaron a que el guía se alejara para poder investigar la celda con más detalle.

Esa noche, el grupo regresó a San Juan de Ulúa, usando la oscuridad como cobertura. La fortaleza, que durante el día era un hervidero de turistas, ahora estaba envuelta en un silencio sepulcral. Las sombras se alargaban y el aire parecía más frío.

—Tenemos que movernos rápido y con cuidado —susurró Alejandro mientras abrían la puerta de la celda de Chucho el Roto.

Usaron la Esfera de Obsidiana para iluminar la celda y buscar cualquier señal del ojo de oro. La esfera, en manos de Alejandro, emitía un tenue brillo que revelaba detalles ocultos en las paredes y el suelo.

—Aquí, en esta esquina —dijo Ocelotl, sintiendo la energía de la reliquia.

Alejandro y Tzitzimitl comenzaron a mover las piedras con cuidado. Después de unos minutos de esfuerzo, descubrieron una pequeña caja de metal enterrada bajo el suelo de la celda. Con cuidado, Alejandro abrió la caja, revelando un brillante ojo de oro en su interior.

—Lo encontramos —dijo Isabel, su voz llena de emoción.

Alejandro tomó el ojo de oro con reverencia, sintiendo su poder. Sin embargo, justo cuando lo hicieron, una figura espectral apareció en la celda. Era una mujer de belleza inquietante, su piel pálida contrastando con sus ropas oscuras.

—La Mulata de Córdoba —murmuró Tzitzimitl, reconociendo la leyenda.

El espíritu de la Mulata de Córdoba los miró con ojos penetrantes.

—Un evento fatal se aproxima —dijo, su voz etérea resonando en la celda—. Prepárense para dejar ir aquello que temen perder.

Isabel sintió un escalofrío recorrer su espalda.

—¿Qué significa eso? —preguntó, pero la Mulata de Córdoba no respondió. En su lugar, desapareció en las sombras, dejando solo su advertencia.

Alejandro, todavía sosteniendo el Ojo de Oro, sintió el peso de sus palabras.

—Debemos estar preparados para lo que venga. No sabemos qué es lo que tememos perder, pero tenemos que estar listos.

Con la reliquia en su poder y una advertencia ominosa en sus mentes, el grupo se dirigió de regreso al hotel. Sabían que, aunque no había habido enfrentamientos esta vez, la verdadera prueba aún estaba por venir.

El regreso al hotel fue silencioso. Cada uno de los miembros del grupo estaba sumido en sus propios pensamientos, procesando las palabras de la Mulata de Córdoba y la importancia de la reliquia recién adquirida. Al llegar a sus habitaciones, se reunieron en la de Alejandro para discutir el siguiente paso.

—Debemos ser cuidadosos con esta reliquia —dijo Alejandro, observando el Ojo de Oro con una mezcla de admiración y precaución—. No podemos permitir que caiga en las manos equivocadas.

Tzitzimitl asintió, su mirada fija en el ojo de oro.

—Cada reliquia que encontramos nos acerca más a nuestro objetivo, pero también aumenta el peligro. Debemos estar preparados para lo que venga.

Isabel, siempre optimista, sonrió.

—Hemos superado muchos desafíos juntos. Estoy segura de que podemos enfrentar cualquier cosa.

Ocelotl, con una mirada de determinación, agregó:

—Juntos, somos más fuertes. Protegeremos estas reliquias y completaremos nuestra misión.

Esa noche, mientras los demás dormían, Alejandro permaneció despierto, incapaz de dejar de pensar en la advertencia de la Mulata de

Córdoba. El peso de la responsabilidad lo mantenía alerta, y decidió estudiar más sobre la reliquia.

Abrió el libro y leyó nuevamente sobre el Ojo de Oro de Xipe Totec. Aprendió que este ojo no solo podía crear ilusiones, sino que también tenía la capacidad de manipular la percepción de las personas, haciéndolas ver lo que el portador deseaba. Alejandro comprendió que, aunque el poder de la reliquia era inmenso, también podía ser peligroso si no se usaba con sabiduría.

A la mañana siguiente, el sol se alzaba sobre Veracruz, llenando el aire con una cálida y prometedora luz. Alejandro, Isabel, Tzitzimitl y Ocelotl se reunieron en el vestíbulo del hotel para planificar sus próximos pasos.

—Nuestro próximo destino es crucial —dijo Alejandro, guardando cuidadosamente el Ojo de Oro en su bolsa—. Debemos asegurarnos de estar listos para cualquier cosa.

Tzitzimitl asintió, su expresión seria pero resuelta.

—Cada reliquia que encontramos nos acerca más a nuestra meta, pero también atrae más atención de nuestros enemigos. Debemos mantenernos vigilantes y siempre preparados.

Isabel, con una mirada determinada, añadió:

—Hemos enfrentado grandes peligros y salido victoriosos. Sé que podemos hacer esto.

Ocelotl, el Nahual y guardián de la Esfera de Obsidiana, se unió a ellos con una mirada de apoyo y confianza.

—Juntos, somos más fuertes. Protegeremos estas reliquias y completaremos nuestra misión.

Con su equipo unido y fortalecido, Alejandro, Isabel, Tzitzimitl y Ocelotl se prepararon para su próximo desafío. Sabían que el camino por delante sería difícil y peligroso, pero estaban listos para enfrentarlo juntos, con el Ojo de Oro de Xipe Totec y las otras reliquias a su lado.

Antes de salir del hotel, Alejandro decidió dar un último vistazo al libro. Estaba buscando cualquier pista adicional sobre el Ojo de Oro o sobre lo que la Mulata de Córdoba podría haber querido decir con su advertencia.

—Aquí hay algo —dijo Alejandro, señalando una página con un grabado antiguo—. El Ojo de Oro también se usaba en rituales para revelar verdades ocultas.

Isabel se inclinó para ver mejor.

—¿Qué tipo de verdades?

—Verdades sobre uno mismo, sobre el pasado, y sobre los verdaderos deseos y miedos de las personas. Xipe Totec lo usaba para despojar a los hombres de sus máscaras, tanto literales como figurativas —explicó Alejandro.

Tzitzimitl, siempre pragmático, intervino.

—Eso podría ser útil, pero también muy peligroso. Revelar demasiadas verdades podría desestabilizar a alguien.

Ocelotl asintió.

—Debemos usarlo con extrema precaución.

La preocupación por el poder de la reliquia llenó la habitación. El Ojo de Oro no solo tenía la capacidad de crear ilusiones, sino también de manipular y revelar las verdades más profundas y oscuras de las personas. El grupo comprendió que estaban lidiando con algo que podría ser tanto una bendición como una maldición.

—Debemos asegurarnos de que solo se use en situaciones críticas y que nadie más tenga acceso a él —dijo Alejandro, su voz firme.

Isabel asintió, su rostro serio.

—El poder para manipular y revelar verdades es tentador, pero también peligroso. No podemos permitir que caiga en manos equivocadas, ni siquiera accidentalmente.

Tzitzimitl añadió: —Debemos tener en cuenta la advertencia de la Mulata de Córdoba. Prepárense para dejar ir aquello que temen perder. Tal vez esta reliquia nos haga enfrentar esos miedos de una manera que no esperamos.

La advertencia resonaba en sus mentes, y todos sabían que la responsabilidad de manejar esta reliquia recaía sobre sus hombros. La presión de protegerla y utilizarla adecuadamente pesaba sobre ellos.

—A partir de ahora, debemos estar más unidos que nunca —dijo Ocelotl—. La fortaleza de nuestro vínculo será nuestra mayor defensa contra cualquier peligro que esta reliquia pueda traer.

Con un renovado sentido de precaución y determinación, el grupo decidió que la mejor manera de proteger la reliquia era turnarse para llevarla, asegurándose de que nunca permaneciera en un solo lugar por mucho tiempo.

—Todos debemos ser responsables de este poder —dijo Alejandro—. Lo llevaremos por turnos y lo guardaremos en un lugar seguro cuando no lo estemos usando.

Esa noche, mientras se preparaban para descansar, la atmósfera estaba cargada de un sentimiento de responsabilidad y cautela. Cada miembro del grupo sabía que el camino por delante sería aún más desafiante con el Ojo de Oro en su poder.

Antes de retirarse a sus habitaciones, Isabel miró a sus amigos con determinación.

—Hemos superado muchos desafíos juntos, y sé que podemos enfrentar cualquier cosa que venga. Pero debemos estar preparados para lo peor y protegernos mutuamente.

Alejandro, Tzitzimitl y Ocelotl asintieron en acuerdo. Con esta reliquia, sabían que no solo enfrentaban enemigos externos, sino también sus propios miedos internos.

—Mañana será un nuevo día y un nuevo desafío —dijo Alejandro—. Descansen bien, amigos. Necesitaremos toda nuestra fuerza para lo que venga.

Con esas palabras, se retiraron a descansar, cada uno reflexionando sobre la importancia de su misión y el papel crucial que desempeñaban en la protección de las reliquias. Aunque el camino por delante estaba lleno de incertidumbres, su unión y determinación les daba la fuerza para seguir adelante.

El grupo sabía que con el Ojo de Oro de Xipe Totec, estaban un paso más cerca de completar su misión, pero también comprendían que el verdadero desafío apenas comenzaba.

Con las primeras luces del amanecer, se prepararon para enfrentar lo que el destino les tenía reservado, sabiendo que juntos, podrían superar cualquier obstáculo.

Capítulo 20: Las Casas de la Gente Pequeña

El sol se alzaba sobre la península de Yucatán, iluminando los verdes paisajes y las antiguas ruinas que parecían susurrar historias del pasado. Alejandro, Isabel, Tzitzimitl y Ocelotl habían llegado a esta región siguiendo el mapa de Chaman, en busca de la próxima reliquia: la corona de Ixtlilton.

Desde que aterrizaron en Mérida, el grupo sintió la carga de la humedad y el calor tropical. Mientras recogían sus pertenencias y revisaban las anotaciones de Chaman, Alejandro no podía dejar de pensar en la advertencia que había recibido de la Mulata de Córdoba: "Prepárense para dejar ir aquello que temen perder".

—Según el mapa, debemos dirigirnos a Maxcanú —dijo Alejandro, observando las notas de Chaman.

—He oído que hay muchas leyendas sobre los aluxes en esta región —respondió Isabel—. Tal vez podamos encontrar más información sobre ellos y cómo nos pueden ayudar.

Tzitzimitl asintió, ajustando su mochila. —Los aluxes son conocidos por ser protectores de la naturaleza y los centros ceremoniales. Si la corona de Ixtlilton está aquí, es probable que ellos la estén cuidando.

Ocelotl, siempre atento a los detalles, añadió:

—Debemos estar preparados para cualquier cosa. Los aluxes son seres poderosos y pueden ser muy protectores de sus territorios.

Al llegar a Maxcanú, el grupo se dirigió a la plaza principal. La atmósfera del pueblo era tranquila, pero había una sensación de misterio en el aire. Los habitantes parecían estar acostumbrados a los visitantes, pero había un susurro constante sobre la reciente actividad de los aluxes.

Mientras caminaban por la plaza, Alejandro se acercó a un guía turístico. Era un hombre de mediana edad con una expresión amable.

—Disculpe, estamos buscando información sobre los aluxes y una antigua reliquia llamada la corona de Ixtlilton. ¿Podría ayudarnos? —preguntó Alejandro.

El guía turístico frunció el ceño, pensando.

—He oído hablar de los aluxes, pero no sé nada sobre esa corona. Sin embargo, hay un anciano a las afueras del pueblo que podría tener más información sobre los aluxes. Podrían hablar con él.

El grupo siguió las indicaciones del guía y llegó a una modesta casa al borde del pueblo. Allí, un anciano los recibió. Tenía una apariencia frágil, pero sus ojos revelaban una sabiduría profunda.

—Me llamo Don Manuel —dijo el anciano—. He oído que buscan la ayuda de los aluxes.

Alejandro asintió. —Sí, hemos oído que solo los aluxes pueden ayudarnos a encontrar la corona de Ixtlilton.

Don Manuel los invitó a sentarse y les ofreció una bebida tradicional.

—Los aluxes son seres pequeños y poderosos. Son los protectores de la naturaleza y de los antiguos centros ceremoniales. Si desean su ayuda, deben ganarse su confianza.

Isabel, intrigada, preguntó: —¿Cómo podemos hacerlo?

Don Manuel sonrió levemente. —Debo advertirles que los aluxes son traviesos y pueden ser difíciles de encontrar. Pero si muestran respeto y hacen una ofrenda adecuada, es posible que se muestren. Deben buscar las casas de la gente pequeña en la selva. Ahí es donde viven.

—¿Qué tipo de ofrenda debemos hacer? —preguntó Alejandro, curioso.

—Maíz, cacao y miel son buenos comienzos. Pero lo más importante es mostrarles respeto. Los aluxes pueden ser tanto protectores como vengativos, dependiendo de cómo los traten.

El grupo asintió y agradeció a Don Manuel por su consejo. Salieron de la casa con una mezcla de emoción y nerviosismo, preparados para enfrentarse a lo desconocido.

El grupo, armado con esta nueva información, se adentró en la selva. El aire estaba cargado de humedad y el canto de los pájaros resonaba a su alrededor. Mientras avanzaban, Alejandro notó que el Ojo de Oro de Xipe Totec comenzaba a brillar ligeramente.

—Algo no está bien —dijo Alejandro, deteniéndose para observar la reliquia.

—¿Qué sucede? —preguntó Isabel, preocupada.

—El Ojo de Oro está proyectando una ilusión, pero no sé qué significa. Debemos estar alerta.

Para mayor seguridad, guardaron el Ojo de Oro en el mismo costal de ayate en el que ya habían metido el Silbato de Mictlantecuhtli, esperando que esto evitara cualquier interferencia adicional.

A medida que se adentraban más en la selva, comenzaron a notar pequeñas construcciones hechas de piedra y ramas. Las casas de los aluxes. Don Manuel había mencionado que estas estructuras eran un indicio de su presencia.

—Debemos hacer una ofrenda aquí —sugirió Tzitzimitl—. Algo que les demuestre nuestro respeto.

El grupo preparó una pequeña ofrenda de maíz, cacao y miel, dejándola frente a una de las casas de los aluxes. Se arrodillaron y pidieron su ayuda con respeto.

Los Guardianes.

De repente, una ráfaga de viento barrió el claro y una pequeña figura apareció ante ellos. Un alux, con ojos brillantes y una sonrisa traviesa.

—¿Quiénes son ustedes y por qué buscan a corona de Ixtliltor? —preguntó el alux, su voz aguda pero autoritaria.

Alejandro se adelantó. —Somos guardianes en busca de reliquias para proteger nuestro mundo de las fuerzas oscuras. Necesitamos la corona de Ixtlilton para completar nuestra misión.

El alux los observó con atención. —La corona no se entrega fácilmente. Deben demostrar su valía y enfrentar las pruebas que se les presenten.

El alux desapareció tan rápido como había aparecido, dejándolos en un estado de expectación. Sin perder tiempo, el grupo se preparó para enfrentar las pruebas.

La primera prueba fue una prueba de valentía. Los aluxes crearon una ilusión de una gran serpiente emplumada, que parecía cobrar vida ante ellos. Aunque Isabel y Alejandro estaban preparados para luchar, fue Chaman quien dio un paso adelante.

—Yo enfrentaré esta prueba —dijo Chaman, con una determinación serena en su voz.

Chaman se acercó a la serpiente con calma y concentración. Usó sus conocimientos y habilidades adquiridas a lo largo de los años para calmar a la bestia ilusoria, demostrando que la valentía no siempre implica lucha, sino también sabiduría y control.

La serpiente desapareció, y el grupo avanzó a la siguiente prueba.

La segunda prueba fue una prueba de sabiduría. Los aluxes les presentaron un enigma antiguo que debían resolver para avanzar.

—Solo aquellos con verdadero conocimiento pueden avanzar —dijo una voz etérea que resonó en el claro.

El enigma era complicado, pero Chaman, con su vasta sabiduría y experiencia, logró descifrarlo.

—La respuesta es el tiempo —dijo Chaman, y al instante, las sombras se disiparon, abriendo el camino a la última prueba.

La tercera prueba fue una prueba de corazón. Los aluxes crearon una ilusión de los seres queridos de cada miembro del grupo, mostrando situaciones de peligro y desesperación. El grupo debía demostrar su amor y determinación para proteger a quienes amaban.

Chaman, con lágrimas en los ojos, se dirigió a las ilusiones.

—El verdadero poder de un guardián es el amor y la protección que ofrece a los demás —dijo Chaman, extendiendo su mano hacia las ilusiones.

Las figuras desaparecieron y el alux volvió a aparecer.

—Has demostrado tu valía —dijo el alux, dirigiéndose a Chaman—. La corona de Ixtlilton es tuya.

El alux entregó la corona a Chaman, quien la tomó con reverencia.

Sin embargo, en ese momento de triunfo, la tragedia golpeó. Ocelotl, con una expresión de ira y celos, se lanzó hacia Chaman.

—¡No puedes tenerla! ¡Yo soy el verdadero guardián de la corona! —gritó Ocelotl, apuñalando a Chaman.

El grupo quedó en shock mientras Chaman caía al suelo, herido de muerte.

—¡No! —gritó Alejandro, corriendo hacia Chaman.

Chaman, con sus últimas fuerzas, susurró:

—Debemos proteger la corona... confíen en los aluxes...

El Ojo de Oro de Xipe Totec, que había estado brillando en el costal, emitió una luz intensa. Fue entonces cuando se dieron cuenta de que la ilusión no era un peligro, sino una advertencia que habían ignorado.

Con el corazón destrozado por la traición y la pérdida de Chaman, el grupo se enfrentó a Ocelotl. La batalla fue intensa, con cada golpe cargado de emoción y dolor. Finalmente, lograron someterlo con la ayuda de los aluxes, que intervinieron justo a tiempo.

—Nos hemos equivocado al confiar en él —dijo Tzitzimitl, con tristeza en su voz.

El alux que los había confrontado antes se acercó.

—Han demostrado su valía al enfrentar esta traición. La corona de Ixtlilton aparecerá cuando estén listos. Pero primero, deben sanar y unirse nuevamente —dijo el alux con un tono solemne, observando la tristeza en los ojos de Alejandro e Isabel.

Isabel, con lágrimas corriendo por sus mejillas, se arrodilló junto al cuerpo de Chaman. Alejandro, con el rostro contorsionado por el dolor, cerró los ojos de su mentor, sintiendo un profundo vacío en su corazón.

—Chaman, prometo que no dejaremos que tu sacrificio sea en vano. Encontraremos todas las reliquias y protegeremos nuestro mundo —dijo Alejandro, su voz quebrándose.

El grupo, aún en estado de shock, comenzó a preparar una ceremonia para honrar a Chaman. Los aluxes, comprendiendo la gravedad de la situación, les proporcionaron los materiales necesarios para realizar un entierro digno.

Esa noche, alrededor de una pequeña fogata, el grupo se reunió para despedir a Chaman. Don Manuel se unió a ellos, ofreciendo palabras de consuelo y compartiendo su sabiduría.

—Tzitzimitl fue un gran hombre, un verdadero guardián. Su espíritu vivirá en cada uno de ustedes y en la misión que llevan a cabo —dijo Don Manuel, con voz firme.

Isabel tomó la mano de Alejandro, buscando consuelo.

—Chaman nos guiará desde el más allá. Debemos seguir adelante y completar nuestra misión en su honor —dijo Isabel, tratando de mantener la compostura.

Alejandro asintió, aunque el dolor en su pecho seguía presente.

—Encontraremos la corona y protegeremos estas reliquias. No permitiremos que la oscuridad nos venza —respondió, decidido.

Ocelotl, ahora prisionero de los aluxes, observaba la escena con una mezcla de arrepentimiento y desesperación. Su traición había causado un daño irreparable, y las consecuencias de sus acciones lo perseguirían por siempre.

A la mañana siguiente, el grupo se preparó para continuar su misión. Aunque heridos por la pérdida de Chaman, sabían que debían seguir adelante. Los aluxes, conmovidos por la valentía y el dolor del grupo, decidieron ayudarlos más activamente.

—La corona de Ixtlilton aparecerá cuando estén listos. Pero primero, deben demostrar que pueden trabajar juntos y confiar en la sabiduría de su mentor —dijo el alux, que parecía liderar a los demás.

Isabel, siempre optimista, intentó animar al grupo.

—Hemos pasado por mucho, pero hemos aprendido y crecido. Juntos, somos más fuertes.

Alejandro, sosteniendo la corona que Chaman había conseguido con tanto esfuerzo, sintió una renovada determinación.

—Debemos seguir adelante. Chaman nos mostró el camino y debemos honrar su memoria cumpliendo nuestra misión.

El grupo se adentró más en la selva, guiados por los aluxes. A medida que avanzaban, comenzaron a notar cambios en su entorno. Los árboles eran más altos, la vegetación más densa, y el aire estaba cargado de una energía mística.

—Estamos cerca —dijo uno de los aluxes, señalando hacia un claro.

En el centro del claro, una estructura antigua se alzaba, cubierta de enredaderas y musgo. Parecía un antiguo templo, un lugar sagrado protegido por los aluxes.

—Aquí es donde se encuentra la verdadera corona de Ixtlilton —explicó el alux—. Solo aquellos que han demostrado su valía pueden acceder a ella.

Alejandro e Isabel se acercaron al templo, con el corazón latiendo con fuerza. Sabían que este era un momento crucial en su misión.

Dentro del templo, encontraron una cámara oculta, adornada con símbolos antiguos y ofrendas a los dioses. En el centro de la cámara, en un pedestal de piedra, se encontraba la corona de Ixtlilton, un copili de oro que irradiaba una luz suave y cálida.

Alejandro se acercó lentamente, sintiendo una mezcla de reverencia y tristeza.

—Chaman, esto es por ti —susurró, tomando la corona con cuidado.

La corona era más hermosa de lo que habían imaginado. Cada detalle estaba finamente trabajado, reflejando la maestría de los artesanos antiguos.

Isabel se unió a Alejandro, admirando la reliquia.

—Hemos conseguido otra reliquia, pero a un costo muy alto —dijo Isabel, su voz llena de emoción.

Alejandro asintió, comprendiendo el peso de sus palabras.

—Debemos seguir adelante, pero nunca olvidaremos el sacrificio de Chaman. Su espíritu vivirá en cada uno de nosotros y en nuestra misión.

Con la corona de Ixtlilton en su poder, el grupo salió del templo, agradeciendo a los aluxes por su ayuda. Los pequeños seres les sonrieron, sabiendo que habían encontrado verdaderos guardianes en Alejandro y su equipo.

Esa noche, alrededor de una fogata, Alejandro reflexionó sobre el camino que les esperaba. La pérdida de Chaman era una herida profunda, pero también les había mostrado la importancia de su misión y la necesidad de trabajar juntos.

—Debemos estar preparados para lo que venga —dijo Alejandro, mirando a Isabel—. La oscuridad no descansará, y nosotros tampoco debemos hacerlo.

Isabel, con una mirada decidida, respondió:

—Juntos, superaremos cualquier obstáculo. Chaman nos mostró el camino y nosotros continuaremos su legado.

Alejandro, con el rostro serio pero decidido, añadió:

—Somos guardianes, y protegeremos estas reliquias con nuestras vidas si es necesario.

Con renovada determinación y un sentido de propósito aún más fuerte, el grupo se preparó para su próximo desafío. Sabían que el camino por delante sería difícil, pero estaban listos para enfrentarlo juntos.

Con la corona de Ixtlilton en su poder y el recuerdo de Chaman en sus corazones, Alejandro e Isabel se embarcaron en la siguiente etapa de su misión, sabiendo que la lucha por la luz debía continuar.

Capítulo 21: El Poder de la Corona

La selva de Yucatán guardaba un silencio respetuoso mientras Alejandro e Isabel se adentraban más en su densa vegetación. El dolor de la pérdida de Tzitzimitl aún pesaba sobre ellos como una sombra oscura. Cada paso que daban parecía resonar con el eco de su ausencia, y el camino por delante parecía más incierto que nunca.

Con la corona de Ixtlilton en sus manos, Alejandro sentía una mezcla de reverencia y desesperación. Sabía que esta reliquia tenía poderes extraordinarios, pero también comprendía que ningún poder podría devolverle a Tzitzimitl. Sin embargo, algo en la corona parecía llamarlo, una energía suave y reconfortante que le instaba a seguir adelante.

—Tenemos que seguir, Isabel —dijo Alejandro, su voz quebrada pero firme—. Tzitzimitl no querría que nos rindiéramos ahora.

Isabel asintió, aunque sus ojos estaban llenos de lágrimas.

—Lo sé, Alejandro. Pero duele tanto. Siento como si una parte de mí se hubiera ido con él.

Alejandro miró a Isabel, reconociendo en sus palabras el mismo dolor que él sentía. El vínculo entre ellos se había fortalecido a través de cada prueba y desafío, y ahora, compartían el peso de una pérdida profunda.

—Vamos a buscar un lugar donde podamos descansar y tratar de comprender mejor los poderes de la corona —sugirió Alejandro.

Después de caminar durante un par de horas, encontraron un claro en la selva, donde los rayos del sol se filtraban a través del dosel de los árboles, creando un ambiente sereno y casi mágico. Alejandro se sentó en una roca plana y sacó la corona de Ixtlilton de su mochila. La examinó detenidamente, notando cómo irradiaba una luz suave y etérea.

—La corona tiene dos poderes principales: sanación y sabiduría —dijo Alejandro, recordando las historias y leyendas que había leído.

Isabel se sentó junto a él, su curiosidad superando momentáneamente su tristeza.

—¿Cómo funcionan esos poderes?— Alejandro colocó la corona en su cabeza, y de inmediato, una ola de energía lo recorrió. La luz de la corona se intensificó, llenando el claro con un resplandor cálido. Sentía como si miles de voces antiguas susurraran en su mente, compartiendo conocimientos y secretos perdidos hace mucho tiempo.

Entre las voces, una se hizo más fuerte y clara. Era una voz conocida, una voz que le llenaba de una mezcla de tristeza y consuelo.

—Alejandro, ¿me escuchas? —la voz resonó con fuerza, cortando a través del murmullo de las demás.

—¿Tzitzimitl? ¿Eres tú? —respondió Alejandro, su corazón latiendo con fuerza.

—Claro muchacho, ¿no pensaste que los dejaría solos, o sí? La vida es tan linda que a veces es complicado entender que la muerte es parte de ella —la voz de Tzitzimitl, cálida y reconfortante, llenó su mente.

—Tzitzimitl, nos harás mucha falta —dijo Alejandro, sintiendo un nudo en la garganta.

—Lo sé, pero yo sigo aquí con ustedes —la voz de Tzitzimitl era firme y tranquilizadora—. Siempre estaré aquí, en tu corazón.

Alejandro sintió una mano invisible tocar su pecho, justo donde latía su corazón.

—¿Cómo podemos seguir sin ti? —preguntó Alejandro, sus ojos llenándose de lágrimas.

—Tienen la sabiduría y la fuerza para continuar. Han aprendido tanto y han demostrado ser verdaderos guardianes. Confía en ti mismo, Alejandro. Confía en Isabel y en el camino que tienen por delante.

Alejandro respiró profundamente, sintiendo una paz que no había sentido desde la muerte de Tzitzimitl.

—Hay alguien más que quiere hablar contigo, pero aún no es el momento. Cuando sea necesario, te lo haré saber —añadió Tzitzimitl, su voz suave y llena de promesas.

Alejandro sintió que la conexión comenzaba a desvanecerse, pero no antes de que Tzitzimitl le diera una última instrucción.

—Recuerda, Alejandro, la corona no solo sana el cuerpo, sino también el espíritu. Úsala para guiar y proteger a los que amas. Estoy orgulloso de ti.

Con esas palabras, la voz de Tzitzimitl se desvaneció y Alejandro volvió al presente, la luz de la corona aún brillando suavemente.

Alejandro salió del trance con lágrimas en los ojos, la experiencia tan vívida y conmovedora que apenas podía hablar. Isabel, que había estado observándolo con preocupación y curiosidad, se acercó a él.

—¿Alejandro? ¿Estás bien? —preguntó Isabel, su voz llena de preocupación.

Alejandro asintió lentamente, sus emociones aún a flor de piel.

—Sí, Isabel. Tuve una... conversación con Tzitzimitl. Él está aquí, con nosotros. Nos guiará y protegerá desde donde esté.

Isabel, conmovida, sintió que sus propios ojos se llenaban de lágrimas. —¿En serio? ¿Qué te dijo?

Alejandro le contó todo, cada palabra de Tzitzimitl, cada sentimiento de consuelo y esperanza que había sentido. Isabel escuchó atentamente, sintiendo una paz que no había sentido desde la muerte de su amigo y mentor.

—Sabía que Tzitzimitl nunca nos dejaría del todo —dijo Isabel, su voz temblando de emoción—. Esto nos da fuerzas para seguir adelante, Alejandro. Sabemos que podemos contar con él, incluso desde el más allá.

Alejandro asintió, tomando la mano de Isabel.

—Sí, Isabel. Juntos, podemos superar cualquier cosa. Y con Tzitzimitl a nuestro lado, no fallaremos.

Durante las horas siguientes, Alejandro e Isabel se turnaron para usar la corona, explorando sus poderes y compartiendo sus experiencias. Cada vez que uno de ellos se ponía la corona, sentía una conexión profunda con el pasado, como si los espíritus de sus antepasados los estuvieran guiando y consolando.

—Es como si Tzitzimitl aún estuviera con nosotros, guiándonos —dijo Isabel en un momento de reflexión.

—Sí, siento lo mismo. Es como si su espíritu nos hubiera dejado un legado de sabiduría y fuerza —respondió Alejandro.

Mientras hablaban, Alejandro no pudo evitar notar la cercanía que se había desarrollado entre ellos. Compartir el dolor y la responsabilidad de su misión había creado un vínculo fuerte, aunque no romántico, lleno de comprensión y apoyo mutuo.

—Isabel, sé que esto ha sido increíblemente difícil para todos nosotros. Pero quiero que sepas que no estás sola. Siempre estaré aquí para ti, como tú has estado para mí —dijo Alejandro, mirando profundamente a Isabel.

Isabel sonrió, sus ojos llenos de gratitud y afecto.

—Y yo para ti, Alejandro. Juntos, podemos superar cualquier cosa.

Esa noche, mientras se preparaban para dormir bajo las estrellas, Alejandro e Isabel reflexionaron sobre el viaje que les quedaba por delante. La corona de Ixtlilton les había dado una nueva esperanza y una herramienta poderosa para sanar y comprender, pero también sabían que el camino seguiría siendo difícil.

Alejandro se puso la corona una vez más antes de dormir, buscando respuestas en la sabiduría ancestral que le ofrecía. En su mente, vio visiones de antiguos guardianes enfrentando desafíos similares, cada uno de ellos superando el dolor y la pérdida con valentía y determinación.

—Isabel, creo que he encontrado algo importante —dijo Alejandro, despertándola suavemente.

—¿Qué es? —preguntó Isabel, medio adormilada

—Los antiguos guardianes también enfrentaron grandes pérdidas, pero encontraron la fuerza en su misión y en los vínculos que formaron entre ellos. Nos dicen que debemos mantenernos unidos y confiar en el poder de la corona para guiarnos —explicó Alejandro.

Isabel asintió, sintiendo una renovada determinación.

—Entonces, debemos seguir adelante, en honor a Tzitzimitl y a todos los que vinieron antes que nosotros.

Alejandro sonrió, sintiendo que, por primera vez desde la pérdida de Tzitzimitl, tenían una dirección clara y una esperanza renovada.

A la mañana siguiente, con el primer rayo de sol, el grupo se preparó para continuar su misión. Alejandro colocó la corona de Ixtlilton en su mochila, sabiendo que ahora tenían una herramienta poderosa a su disposición.

—Vamos a encontrar la última reliquia y completar nuestra misión —dijo Alejandro, su voz llena de determinación.

Isabel asintió, su espíritu renovado.

—Sí, y lo haremos juntos. Somos más fuertes de lo que pensamos.

Tzitzimitl, que había permanecido en silencio durante gran parte del tiempo, se acercó a ellos.

—Tzitzimitl estaría orgulloso de ustedes. Hemos enfrentado mucho, pero aún queda camino por recorrer. Debemos seguir adelante con la misma valentía y sabiduría que él nos enseñó.

Con estas palabras, el grupo se adentró nuevamente en la selva, listos para enfrentar cualquier desafío que les esperara. Sabían que el camino no sería fácil, pero también sabían que juntos, y con la ayuda de las reliquias, podían superar cualquier obstáculo.

El poder de la corona de Ixtlilton no solo les había dado la capacidad de sanar y comprender, sino que también había fortalecido su relación y su determinación. Con Tzitzimitl en sus corazones y la sabiduría ancestral guiándolos, Alejandro e Isabel estaban listos para enfrentar el futuro.

Esa mañana, mientras recogían sus cosas y se preparaban para continuar, Alejandro se acercó a Isabel.

—Isabel, quiero que sepas cuánto valoro tu apoyo y tu amistad. No sé cómo habría podido seguir sin ti —dijo Alejandro, su voz llena de sinceridad.

Isabel sonrió, sus ojos brillando con afecto.

—Yo siento lo mismo, Alejandro. Hemos pasado por tanto juntos, y cada desafío nos ha hecho más fuertes. Siempre estaré a tu lado.

Alejandro asintió, sintiendo un calor reconfortante en su corazón. Se acercó más a

Isabel, tomando su mano y entrelazando sus dedos.

—Hemos aprendido a confiar en nosotros mismos y en cada uno de nosotros. Esa es nuestra mayor fortaleza —dijo Alejandro.

Pasaron el día caminando por la selva, hablando y compartiendo recuerdos. Cada conversación, cada risa, les ayudaba a sanar y a fortalecer el vínculo entre ellos.

Esa noche, mientras descansaban junto a una fogata, Alejandro miró a Isabel y sintió una profunda conexión.

—Isabel, quiero que sepas que siempre podrás contar conmigo, sin importar lo que pase. Eres una parte importante de esta misión y de mi vida —dijo Alejandro, su voz suave pero firme.

Isabel lo miró, sus ojos llenos de gratitud y cariño.

—Y tú siempre podrás contar conmigo, Alejandro. Juntos, podemos superar cualquier cosa.

El silencio de la noche los envolvió mientras sus miradas se mantenían fijas. Alejandro sintió cómo sus corazones latían al unísono, llenos de esperanza y determinación.

—Isabel... —susurró Alejandro, acercándose más a ella.

—Sí, Alejandro —respondió Isabel, su voz apenas un murmullo.

Sus miradas se cruzaron, llenas de emoción y comprensión. En ese momento, Alejandro supo que el vínculo que habían formado era más fuerte que cualquier desafío que pudieran enfrentar. Lentamente, se inclinó hacia Isabel, y ella hizo lo mismo.

Sus labios se encontraron en un beso suave y tierno, lleno de promesas y esperanza. Fue un beso que selló su relación y les dio la fuerza para continuar.

Con el corazón lleno de amor y determinación, Alejandro e Isabel supieron que, juntos, podían enfrentar cualquier cosa. Y así, con el poder de la corona de Ixtlilton y la sabiduría de Tzitzimitl guiándolos, se prepararon para el próximo capítulo de su misión, más unidos que nunca.

Capítulo 22: La Sombra del Murciélago

El viaje hacia Quintana Roo fue largo y cargado de recuerdos. Alejandro e Isabel conducían por carreteras serpenteantes, rodeados de la exuberante vegetación del sureste de México. A pesar de la belleza del paisaje, sus corazones estaban pesados por la pérdida de Tzitzimitl.

—Recuerdo la primera vez que conocimos a Tzitzimitl —dijo Alejandro, rompiendo el silencio que había dominado gran parte del viaje—. Estaba tan seguro de sí mismo, tan lleno de sabiduría. Nunca dudó en compartir sus conocimientos con nosotros.

Isabel, que conducía en ese momento, asintió con una sonrisa melancólica.

—Sí, siempre supo cómo calmar nuestros miedos y guiar nuestros pasos. Me alegra saber que aún podemos sentir su presencia a través de la corona de Ixtlilton.

Alejandro sacó la corona de la mochila y la sostuvo en sus manos. La luz suave que irradiaba parecía consolarlo.

—Cada vez que la uso, siento su presencia. Es como si estuviera aquí, a nuestro lado, guiándonos.

Isabel miró a Alejandro de reojo, sintiendo una mezcla de tristeza y gratitud.

—Hemos aprendido tanto de él. Y debemos honrar su memoria completando nuestra misión.

La conversación continuó, llena de recuerdos y reflexiones sobre todo lo que habían aprendido y experimentado juntos. El viaje, aunque largo, fue una oportunidad para fortalecer su vínculo y encontrar consuelo en los recuerdos de Tzitzimitl.

Llegaron al pueblo de Maya Ka'an al anochecer. El cielo estaba teñido de tonos naranjas y púrpuras cuando una sombra oscura pasó por encima de ellos. Era la figura de un gran murciélago, y su tamaño hizo que ambos se detuvieran y miraran hacia arriba con inquietud.

—¿Viste eso? —preguntó Isabel, su voz temblando ligeramente.

—Sí, lo vi. No parece algo natural —respondió Alejandro, frunciendo el ceño.

A medida que se adentraban en el pueblo, notaron que la gente corría a refugiarse en sus casas, cerrando puertas y ventanas con evidente pánico.

—¿Por qué nos miran así? —preguntó Isabel, sintiendo la tensión en el aire.

Alejandro se giró para ver si había algo detrás de ellos. Fue entonces cuando se dieron cuenta de la presencia de una criatura aterradora: mitad hombre, mitad murciélago. La criatura se abalanzó sobre ellos con un rugido espeluznante, sus alas enormes batiendo con fuerza.

—¡Corre! —gritó Alejandro, empujando a Isabel hacia la catedral cercana.

Corrieron hacia las puertas de la catedral, golpeando con desesperación. Justo cuando la criatura estaba a punto de alcanzarlos, las puertas se abrieron y un párroco los arrastró adentro, cerrándolas rápidamente detrás de ellos.

Dentro, solo podían oír el rugido escalofriante y el batir de unas alas gigantes al otro lado de la puerta.

—¿Qué era eso? —preguntó Isabel, jadeando por el esfuerzo y el miedo.

El párroco, un hombre anciano con ojos llenos de preocupación, les hizo un gesto para que se sentaran.

—Tengan cuidado con el dios Camazotz —dijo, su voz grave y temblorosa.

Isabel, aterrorizada, preguntó: —¿Quién es Camazotz?

El párroco suspiró y comenzó a contarles la leyenda.

—Camazotz es el dios murciélago de los mayas, un ser temido por su poder y ferocidad. Se dice que azota al pueblo secuestrando a los hombres y llevándolos a la oscuridad. Allí, los convierte en kimen, muertos vivientes que arrasan con todo a su paso. Solo con tocarte, comienzas a podrirte hasta morir de manera horrenda y dolorosa, convirtiéndote en un kimen más.

Alejandro sintió un escalofrío recorrer su espalda.

—¿Han visto a los kimen? —preguntó, tratando de mantener la calma.

El párroco negó con la cabeza. —No, no hemos visto a los kimen. Pero sabemos que Camazotz está armando un ejército. Creemos que se prepara para algo grande, algo que podría destruirnos a todos.

Alejandro e Isabel intercambiaron una mirada de comprensión. Sus experiencias anteriores les hicieron sospechar que el verdadero responsable podría ser alguien más.

—Creemos que el Charro Negro podría estar detrás de esto —dijo Alejandro, su voz firme.

El párroco frunció el ceño, intrigado. —¿El Charro Negro? ¿Quién es él?

Alejandro tomó el libro de su abuelo y comenzó a leer en voz alta.

—"El Charro Negro es un ser despiadado y sin escrúpulos que hará todo lo posible por gobernar la tierra. Su influencia se extiende a través de varios seres mitológicos y espíritus malignos."

Isabel añadió: —Hemos enfrentado su influencia antes. Es posible que esté utilizando a Camazotz para sus propios fines.

El párroco asintió lentamente, comprendiendo la gravedad de la situación.

—Entonces, debemos estar preparados. Camazotz y los kimen no son fuerzas que podamos subestimar.

Alejandro y el párroco continuaron leyendo el libro, profundizando en la mitología de Camazotz y los kimen.

—Camazotz es descrito como una criatura mitad hombre, mitad murciélago, con garras afiladas y un rostro aterrador. Se dice que su vuelo es silencioso y que puede moverse en la oscuridad sin ser detectado —leyó Alejandro.

Isabel miró al párroco con preocupación.

—¿Y los kimen? ¿Cómo los describen las leyendas?

El párroco tomó el libro y leyó en voz alta.

—"Los kimen son muertos vivientes, seres que han sido llevados a la oscuridad por Camazotz y transformados en criaturas sin alma. Su piel es pálida y putrefacta, y sus ojos están vacíos. Solo con tocarte, puedes comenzar a podrirte y morir en agonía, convirtiéndote en uno de ellos."

Isabel sintió un escalofrío recorrer su cuerpo.

—Esto es peor de lo que imaginamos. Si Camazotz está creando un ejército de kimen, podríamos enfrentarnos a una amenaza mucho mayor.

Alejandro cerró el libro y miró al párroco.

—Debemos encontrar la manera de detener a Camazotz y a los kimen. ¿Hay algo en las leyendas que nos diga cómo hacerlo?

El párroco asintió lentamente.

—Según las leyendas, Camazotz solo puede ser derrotado con el Callado de Centeotl, una reliquia antigua que tiene el poder de exorcizar espíritus malignos y detener a los muertos vivientes. Se dice que el callado está escondido en algún lugar de esta región, pero nadie sabe exactamente dónde.

Alejandro sintió una chispa de esperanza.

—Entonces, debemos encontrar el callado. Con él, podemos detener a Camazotz y su ejército de kimen.

Isabel asintió, su determinación renovada.

—Sí, y debemos hacerlo rápido. Cada día que pasa, Camazotz se vuelve más fuerte.

El párroco les dio algunas indicaciones sobre dónde podrían comenzar su búsqueda.

—Hay un antiguo templo en la selva, a unos pocos kilómetros de aquí. Se dice que es un lugar sagrado para Centeotl. Tal vez allí encuentren el callado.

Alejandro e Isabel se prepararon para partir, agradeciendo al párroco por su ayuda.

—Gracias por todo. Prometemos que haremos todo lo posible por detener a Camazotz y proteger este pueblo —dijo Alejandro.

El párroco les dio su bendición y los despidió con una sonrisa preocupada.

—Que los dioses estén con ustedes. Y por favor, tengan cuidado.

A medida que avanzaban por la selva, Alejandro e Isabel reflexionaban sobre la información que habían recibido.

—Camazotz y los kimen son seres terribles, pero no podemos permitir que nos detengan. Debemos encontrar el callado y detenerlos antes de que sea demasiado tarde —dijo Alejandro, su voz llena de determinación.

Isabel asintió, sintiendo la misma resolución. —Sí, y con la ayuda de Tzitzimitl, sé que podemos lograrlo. Su sabiduría y su espíritu nos guían.

Mientras caminaban, Alejandro no pudo evitar recordar la conversación que había tenido con Chaman a través de la corona de Ixtlilton. Sentía que su mentor estaba con ellos, guiándolos y protegiéndolos.

—Chaman dijo que alguien más quiere hablar conmigo, pero que aún no es el momento. Me pregunto quién será —dijo Alejandro, reflexionando en voz alta.

Isabel lo miró con curiosidad. —Tal vez sea alguien que pueda ayudarnos en nuestra misión. Solo tenemos que estar atentos y preparados para cuando llegue el momento.

Con estas palabras, el grupo continuó su camino, sabiendo que el destino de su misión dependía de encontrar el Callado de Centeotl y detener a Camazotz y su ejército de kimen. La batalla por el futuro de la humanidad.

La selva se volvía cada vez más densa y oscura a medida que Alejandro e Isabel avanzaban hacia el antiguo templo de Centeotl. Sus corazones estaban llenos de determinación, pero también de una creciente sensación de inquietud. El aire estaba cargado de una energía extraña, y los sonidos de la selva parecían susurrar advertencias inaudibles.

Mientras caminaban, Alejandro alcanzó a ver de reojo la silueta de un venado gigante. La majestuosidad de la criatura lo dejó sin aliento por un momento.

—¿Viste eso, Isabel? —preguntó, señalando hacia donde había visto al venado.

Isabel se giró rápidamente, pero el venado ya había desaparecido en la espesura de la selva.

—No, no lo vi. Pero en esta selva, cualquier cosa es posible —respondió, tratando de mantenerse concentrada en su misión.

Decidieron no darle demasiada importancia y continuaron su camino, siguiendo las indicaciones del párroco y las señales que el entorno les proporcionaba. La selva parecía cada vez más opresiva, como si tratara de advertirles del peligro que se avecinaba.

Finalmente, después de horas de caminata, llegaron a un claro donde se alzaba el antiguo templo de Centeotl. La estructura, aunque deteriorada por el tiempo, aún conservaba una aura de sagrado y poderoso. Sin embargo, a atmósfera alrededor del templo estaba impregnada de una sensación de malevolencia.

—Este debe ser el lugar —dijo Alejandro, su voz apenas un susurro.

Se acercaron con cautela, sus corazones latiendo con fuerza. Al entrar en el templo, fueron recibidos por una escena de pesadilla. El aire estaba cargado de un hedor insoportable, y la penumbra revelaba figuras inquietantes.

En el centro del templo, vieron una serie de jaulas de madera, cada una conteniendo los restos putrefactos de los secuestrados por Camazotz. Los cadáveres de los kimen eran una visión horrenda: sus cuerpos estaban en varios estados de descomposición, con la piel colgando en jirones, los músculos expuestos y los huesos visibles en algunas partes. Sus rostros estaban congelados en expresiones de agonía y terror, con los ojos vacíos y sin vida, como si aún estuvieran atrapados en el momento de su transformación. Las jaulas estaban cubiertas de una espesa capa de mugre y telarañas, y el suelo estaba manchado de sangre seca.

Alejandro e Isabel se quedaron petrificados ante la visión, sus mentes luchando por comprender el horror que se desplegaba ante ellos.

—Dios mío... —murmuró Isabel, cubriéndose la boca con la mano.

Alejandro se sintió paralizado por el miedo y el asco. La realidad de lo que enfrentaban era mucho peor de lo que habían imaginado.

—Este debe ser el lugar donde Camazotz trae a sus víctimas —dijo Alejandro, su voz temblando.

De repente, un rugido ensordecedor resonó en el templo, seguido por el batir de enormes alas. La sombra de Camazotz apareció en la penumbra, y su presencia era aún más aterradora de cerca. La criatura tenía un cuerpo musculoso y peludo, con enormes alas de murciélago que se extendían amenazadoramente. Su rostro era una mezcla grotesca de humano y murciélago, con colmillos afilados que sobresalían de su boca. Sus ojos rojos brillaban con una malevolencia inhumana, y cada movimiento que hacía emitía un sonido sibilante y aterrador.

La criatura se movió con una rapidez sorprendente, sus garras afiladas rozando el suelo mientras se acercaba a ellos.

—¡Corre, Isabel! ¡Tenemos que salir de aquí! —gritó Alejandro, agarrando a Isabel por el brazo y tirando de ella hacia la salida.

Corrieron lo más rápido que pudieron, sus corazones latiendo frenéticamente. El rugido de Camazotz y el sonido de sus alas persiguiéndolos les daba el impulso necesario para no detenerse. Apenas lograron salir del templo, con el horror aún grabado en sus mentes.

Afuera, se detuvieron un momento para recuperar el aliento, sus cuerpos temblando por la adrenalina y el miedo.

—No puedo creer lo que acabo de ver —dijo Isabel, sus ojos llenos de lágrimas.

—Tenemos que encontrar el Callado de Centeotl. Es la única forma de detener a esa cosa —respondió Alejandro, su voz firme a pesar del terror que sentía.

Con una última mirada al templo maldito, Alejandro e Isabel se adentraron de nuevo en la selva, sus corazones decididos a encontrar la reliquia que podría salvarlos. Pero el miedo y el horror de lo que habían presenciado los seguiría, recordándoles constantemente la gravedad de su misión y el peligro que acechaba en cada sombra.

El rugido de Camazotz resonaba en sus mentes mientras corrían, sabiendo que no podían detenerse hasta encontrar la manera de detener al dios murciélago y salvar a los inocentes de su aterradora maldición.

Capítulo 23: El Despertar de los Muertos

Alejandro e Isabel salieron corriendo del antiguo templo, con el corazón aún palpitando por el miedo y la adrenalina de su encuentro con Camazotz. La selva los envolvía con sus sombras densas y misteriosas, el rumor de las hojas y los sonidos de la noche resonaban a su alrededor. Después de horas de caminata exhaustiva, la densidad de la vegetación comenzó a disminuir y divisaron a lo lejos una pequeña cabaña de madera entre los árboles. Ante el suspiro de alivio de Isabel, Alejandro asintió con determinación.

—Quizás aquí podamos encontrar ayuda —sugirió Isabel, mirando a Alejandro con una mezcla de esperanza y agotamiento.

Se acercaron con cautela a la cabaña, donde encontraron a un anciano sentado en el umbral, tranquilamente fumando una pipa de madera. Levantó la mirada hacia ellos con curiosidad pero sin sorpresa, como si hubiera estado esperándolos.

—Bienvenidos, viajeros cansados —dijo el anciano con una voz profunda que resonaba con la sabiduría de los años—. Sé por qué están aquí.

Alejandro y Isabel intercambiaron miradas sorprendidas antes de que Alejandro, con voz firme pero respetuosa, hablara:

—Estamos en busca de una reliquia conocida como el Callado de Centeotl. Necesitamos encontrarla para detener a Camazotz y proteger a nuestro pueblo.

El anciano los observó con ojos penetrantes antes de asentir lentamente.

—Conozco la reliquia de la que hablan. Pero obtenerla no será una tarea fácil. Reside en el corazón del templo donde Camazotz descansa.

—Sabemos dónde está el templo —intervino Isabel con urgencia—. Hemos estado dentro, pero entrar nuevamente parece imposible.

El anciano se tomó un momento antes de responder, su mirada perdida en las sombras que se extendían detrás de ellos.

—Hay un camino oculto que rodea el templo. Si logran encontrarlo, podrán acceder a la cámara central sin alertar a Camazotz.

Alejandro e Isabel sintieron un destello de esperanza. El anciano se puso de pie con movimientos lentos y ceremoniosos.

—Les mostraré el camino. Pero deben estar preparados. El peligro es inminente y los kimen no descansan.

Guiados por el anciano, cruzaron la selva una vez más hasta llegar al imponente templo de piedra. A la entrada, encontraron un venado gigantesco con astas negras y en el centro de estas, un panal de abejas de fuego. Los ojos azules del venado brillaban con una luz ancestral mientras los observaba con una mirada que parecía penetrar hasta lo más profundo de sus almas.

—Este es el Zip, el guardián de la selva —explicó el anciano, reverenciando al majestuoso animal—. Es sabio y poderoso, pero también impredecible.

Isabel extendió una mano con cautela hacia el venado, pero justo cuando estaba a punto de tocarlo, el Zip se transformó en una neblina densa y desapareció en el aire. El repentino cambio provocó un movimiento entre las sombras de la selva y los kimen, criaturas de la noche y servidores de Camazotz, comenzaron a emerger de los árboles con gruñidos guturales y ojos brillantes llenos de malicia.

—¡Rápido, a la entrada de la cámara! —exclamó el anciano, señalando un estrecho sendero que rodeaba el templo.

Corrieron entre los árboles, con el sonido de los kimen persiguiéndolos resonando ominosamente en el aire. Al llegar a la entrada de la cámara central, se encontraron cara a cara con Camazotz y el Charro Negro, quienes los esperaban con sonrisas retorcidas y el Callado de Centeotl brillando ominosamente en las manos del Charro.

—Llegan tarde, guardianes —burló el Charro Negro, moviendo el Callado con un gesto arrogante—. Esta reliquia no la obtendrán.

La determinación ardía en los ojos de Alejandro mientras avanzaba hacia el Charro Negro con el brazalete de fuego en su muñeca, lanzando llamas ardientes que iluminaban la oscuridad con un fulgor salvaje. El Charro Negro esquivaba ágilmente cada ataque, mientras Camazotz, con una mueca salvaje, se preparaba para embestir a Alejandro con garras y colmillos afilados.

Camazotz se abalanzó sobre Alejandro con ferocidad, sus garras afiladas listas para desgarrar la carne. De un zarpazo, logro asestar un corte profundo en el pecho y el rostro de Alejandro, un grito de dolor retumbó por las paredes del templo. Isabel atemorizada por la escena grito desesperada mientras miraba. Un rugido resonó en la noche cuando el dios murciélago se lanzó hacia delante de nuevo con la intención de acabar con Alejandro, pero antes de que pudiera alcanzar su objetivo, una luz cegadora llenó el espacio entre ellos. Alejandro, sosteniendo la piedra del sol con fuerza, canalizó su poder en un último esfuerzo desesperado.

La luz divina envolvió a Camazotz, quien retrocedió con un aullido de dolor. Isabel, paralizada por el terror al ver a Alejandro caer herido, de pronto mientras se encontraba en shock, fue sorprendida por un aliento suave y reconfortante cerca de ella. El Zip, el guardián venado de la selva, había regresado en forma de neblina y se acercó a Isabel con ojos sabios y tranquilizadores.

Su figura majestuosa resplandeció en el lugar, el guardián de la selva, en un gesto de confianza de inclino hacia Isabel como muestra de apoyo.

—Gracias, Zip —susurró Isabel, sintiendo la calidez reconfortante del espíritu del venado.

El venado asintió con gracia y permitió que Isabel tomara un poco de la miel dorada del panal de abejas de fuego que descansaba en sus astas.

Isabel, desesperada, intentó acercarse a Alejandro, pero los kimen la rodearon con sus cuerpos sombríos y feroces. El anciano luchaba valientemente a su lado, invocando hechizos antiguos y gestos místicos para contener a los kimen enemigos.

—¡No te rindas, Alejandro! —gritó Isabel con desesperación, su voz apenas audibles sobre el estruendo de la batalla.

Herido pero decidido, Alejandro se puso de pie, sintiendo la energía de la piedra del sol que había descubierto en el bolsillo de su pantalón, una luz ardiente, nuevamente se observó en las profundidades del templo. Con un movimiento rápido y preciso, activó la piedra, liberando una luz tan intensa que cegó a Camazotz y al Charro Negro el cual soltó el callado de Centeotl antes de desaparecer. Los dos seres oscuros retrocedieron con gritos de agonía, sus cuerpos quemados por la pureza de la luz divina.

—¡No ha terminado aún! —rugió Alejandro, avanzando hacia Camazotz con la determinación de un guerrero ancestral.

Utilizando el poder combinado del brazalete de fuego y la piedra del sol, Alejandro lanzó ráfagas de luz que desgarraban las sombras que envolvían a Camazotz. Cada golpe de luz debilitaba al dios murciélago, quemando su piel y desintegrando su poder oscuro. Con un último esfuerzo, Alejandro arrancó el Callado de Centeotl de las garras de Camazotz, dejándolo vulnerable en el suelo de piedra.

La batalla final entre la luz y la oscuridad se desplegó con una intensidad feroz, mientras

Alejandro y Camazotz se enfrentaban en un duelo de poderes ancestrales y voluntades indomables.

Alejandro decidido a terminar con la batalla, tomo el callado de Centeotl y colocándolo sobre la frente de Camazotz descargo una ráfaga de energía blanca, la cual cegó por completo al Dios murciélago.

Los alaridos de Camazotz podían escucharse por toda la selva, mientras Alejandro tomaba la piedra del sol y apuntando directamente a su rostro deforme.

— Es hora de vengar a todas las almas que haz arrebatado de este mundo— grito Alejandro mientras una ráfaga de luz irradiaba de la piedra del Sol directamente al rostro de Camazotz, acabando por fin con el Dios murciélago.

Camazotz caído, yacía dolorosamente quemado por las ráfagas de luz de la piedra del sol y los kimen comenzaron a replegarse mientras El Charro negro miraba con desprecio a los héroes. En un último acto de rabia, El Charro Negro envío a un de los kimen en contra del Anciano que batallo con valentía junto con ellos, perdiendo la vida al instante, todos los demás kimen, se escabulleron desapareciendo en las sombras como una pesadilla que se disipa con el amanecer. Alejandro, exhausto pero triunfante, se tambaleó hacia atrás cayendo sobre su espalda mientras Isabel corría hacia él con lágrimas de entre alivio y preocupación en los ojos.

—¿Estás bien? —susurró Isabel, mientras con sus manos temblorosas, tocaba las heridas de Alejandro.

Con miedo y determinación, Isabel aplicó la miel sobre las heridas de Alejandro, cuya luz dorada comenzó a sanar las heridas profundas y a aliviar su dolor agonizante.

—No te rindas, Alejandro —murmuró Isabel con voz entrecortada, sintiendo el poder sanador de la miel obrar su magia.

Alejandro asintió débilmente, sintiendo la curación cálida y sanadora de la miel del panal de abejas de fuego que Isabel aplicaba con cuidado sobre sus heridas. La miel brillaba con una luz dorada mientras se absorbía en la piel de

Alejandro, cerrando las heridas y aliviando el dolor.

—Gracias a ti, lo hemos logrado —murmuró Alejandro, su voz llena de gratitud y admiración.

— Alejandro... El anciano no sobrevivió.— comento Isabel con tristeza

— Debemos honrar su sacrificio.— comento Alejandro con respeto.

Con las heridas sanada por la miel del Zip, Alejandro se levantó.

Con el Callado de Centeotl asegurado y la miel del Zip en sus manos, Alejandro e Isabel regresaron al pueblo con una mezcla de victoria y solemnidad. Los habitantes, que habían permanecido en el temor y la incertidumbre, salieron de sus refugios al ver a los valientes guardianes regresar con la promesa de la salvación.

—Hemos encontrado el Callado de Centeotl y la miel del Zip. Ahora podemos liberar al pueblo de la oscuridad que lo amenazaba —anunció Alejandro con voz clara y firme, sosteniendo el artefacto sagrado en alto para que todos lo vieran.

El párroco se acercó, su rostro arrugado por años de preocupación y ahora iluminado por la esperanza renovada.

—Gracias, valientes guardianes. Han salvado a nuestro pueblo y restaurado la paz que tanto anhelábamos.

Con el poder del Callado de Centeotl, Alejandro e Isabel purgaron a los kimen que habían asolado el pueblo y sellaron la oscuridad que amenazaba con consumirlo. Utilizaron la miel del Zip para curar a los enfermos y heridos, restaurando la salud y la vitalidad en cada alma que había sido tocada por la sombra.

El pueblo, ahora iluminado por la esperanza y la gratitud, se unió en celebración por la victoria y la promesa de días mejores.

Los días que siguieron estuvieron marcados por la reconstrucción y la curación. Alejandro e Isabel trabajaron incansablemente junto con los habitantes del pueblo para fortalecer sus defensas y restaurar la vida cotidiana que la oscuridad había interrumpido. Cada día traía consigo nuevas muestras de gratitud y respeto hacia los dos valientes guardianes que habían arriesgado todo para proteger a su comunidad.

Una noche, bajo el manto de estrellas que brillaban con una claridad renovada, Alejandro e Isabel se encontraron en el borde de la selva, reflexionando sobre las pruebas que habían superado y las que aún quedaban por delante.—Parece que fue hace una eternidad cuando todo comenzó —murmuró Isabel, su voz suave como el susurro de las hojas en el viento.

Alejandro asintió, mirando hacia el cielo donde las constelaciones parecían parpadear en reconocimiento a su sacrificio y valentía.—Pero estamos más cerca ahora. Camazotz ha sido derrotado, y el pueblo está a salvo. Aún nos queda encontrar cómo detener definitivamente a las fuerzas que lo trajeron aquí.

Isabel se acercó a Alejandro, sintiendo el calor reconfortante de su presencia y la conexión que había crecido entre ellos a lo largo de sus desafíos compartidos.—Encontraremos la manera, Alejandro. Juntos hemos demostrado que somos más fuertes que cualquier oscuridad que intente amenazarnos.

Alejandro sonrió, su mirada llena de gratitud hacia Isabel y aquellas sensaciones que había surgido de su viaje.—Así es, Isabel. Juntos enfrentaremos lo que sea que venga a nuestro camino.

Con el Callado de Centeotl descansando en un lugar seguro y la mie del Zip como un recordatorio de su fortaleza, Alejandro e Isabel miraron hacia el futuro con esperanza y a certeza de que su misión aún no había terminado. Las estrellas brillaban sobre ellos como testigos silenciosos de su coraje y determinación, prometiendo un nuevo amanecer para aquellos que habían luchado y ganado contra las sombras que amenazaban con destruir su mundo.

Capítulo 24: El Misterio de la Serpiente Emplumada

Alejandro e Isabel partieron hacia Yucatán, guiados por el mapa de Tzitzimitl. Su objetivo era encontrar la última reliquia: la reliquia misteriosa de Quetzalcóatl. El viaje estaba cargado de esperanza, pero también de incertidumbre, mientras reflexionaban sobre las aventuras pasadas y el poder de las reliquias que habían reunido hasta ahora.

Durante el trayecto, la conversación fluía entre ellos, recordando los momentos cruciales que los habían llevado hasta este punto.

—¿Recuerdas cuando encontramos la piedra del sol? —preguntó Isabel, rompiendo el silencio.

—Cómo olvidarlo. Ese fue uno de los momentos en que realmente entendí la magnitud de nuestra misión —respondió Alejandro, con una mezcla de nostalgia y determinación en su voz.

—Hemos pasado por tanto, Alejandro. Y ahora estamos a punto de completar nuestra búsqueda. Pero... ¿y si no encontramos esta última reliquia? —dijo Isabel, dejando ver sus temores.

Alejandro la miró con seriedad y asintió.

—Lo haremos, Isabel. Tenemos que hacerlo. No podemos permitir que el Charro Negro se salga con la suya.

El vuelo a Yucatán fue tranquilo, pero la tensión era palpable. A medida que se acercaban a su destino, ambos sentían el peso de la responsabilidad sobre sus hombros. Llegaron a Chichén Itzá al amanecer, cuando el sol apenas comenzaba a iluminar el majestuoso Templo de Kukulcán. La estructura piramidal se alzaba imponente, un testimonio de la grandeza de la civilización maya.

—Es impresionante —murmuró Isabel, admirando la arquitectura del templo.

—Lo es. Aquí es donde deberíamos encontrar la última reliquia —respondió Alejandro, sintiendo una mezcla de admiración y nerviosismo.

Comenzaron a explorar el templo, buscando cualquier señal o pista que pudiera guiarlos hacia la reliquia. La arquitectura del lugar, con sus intricados detalles y símbolos antiguos, era un recordatorio de la grandeza de la civilización maya y del poder que alguna vez residió allí.

Pasaron horas revisando cada rincón, pero no encontraron nada. La frustración y la desesperación comenzaron a apoderarse de ellos. Isabel se dejó caer en uno de los escalones, con lágrimas de impotencia en los ojos.

—Alejandro, no está aquí. El Charro Negro nos ganó otra vez —dijo Isabel, su voz quebrada por la desesperación.

Alejandro sintió un nudo en el estómago. La idea de que todo su esfuerzo había sido en vano era insoportable. Se acercó a Isabel y la abrazó, tratando de consolarla mientras también luchaba con sus propios sentimientos de fracaso.

—No puede ser, Isabel. No después de todo lo que hemos pasado. Debe haber algo que estamos pasando por alto —dijo Alejandro, tratando de mantener la esperanza.

En un intento desesperado, Alejandro decidió utilizar la Corona de Ixtlilton para buscar respuestas en el conocimiento ancestral. Se la colocó en la cabeza y cerró los ojos, concentrándose en la energía que fluía a través de la corona.

De repente, Alejandro entró en un trance. Los sonidos a su alrededor se desvanecieron, y una luz cálida lo envolvió. Escuchó una voz familiar, una voz que reconoció al instante.

—Alejandro, ¿me escuchas? —la voz de su abuelo resonó en su mente.

—¿Abuelo? ¿Eres tú? —preguntó Alejandro, con la voz temblorosa.

—Sí, muchacho. Soy yo. Siempre he estado contigo, guiándote en tu camino. —La voz de su abuelo era serena y llena de sabiduría.

—Abuelo, no encontramos la reliquia. Creemos que el Charro Negro la tiene —dijo Alejandro, sintiendo un peso en su corazón.

—La reliquia está ahí, Alejandro. Siempre ha estado ahí. Tienes que ver más allá de lo que tus ojos te permiten ver —respondió su abuelo, con una calma que contrastaba con la desesperación de Alejandro.

—¿Qué quieres decir? No entiendo —dijo Alejandro, confundido.

—El libro que te di, Alejandro. Ese libro es más de lo que parece. Es la reliquia que estás buscando. —La revelación golpeó a Alejandro con fuerza, dejándolo sin aliento.

—¿El libro? ¿El libro de nuestra familia? —preguntó Alejandro, incrédulo.

—Sí, ese libro ha registrado todas nuestras aventuras y encuentros. Es el códice de la serpiente emplumada, la reliquia de Quetzalcóatl. —La voz de su abuelo se desvanecía, dejando a Alejandro con una claridad renovada.

—Pero, abuelo, ¿por qué no me lo dijiste antes? —preguntó Alejandro, sintiendo una mezcla de alivio y confusión.

—Algunas lecciones deben ser aprendidas por uno mismo, Alejandro. La verdadera comprensión y el poder vienen de la experiencia y la búsqueda. —respondió su abuelo con sabiduría.

Al salir del trance, Alejandro abrió los ojos y encontró a Isabel mirándolo con preocupación.

—¿Qué pasó? ¿Qué viste? —preguntó Isabel, ansiosa.

—Es el libro, Isabel. La reliquia siempre ha estado con nosotros. Es el libro de mi abuelo —dijo Alejandro, con una mezcla de asombro y alivio.

Sin perder tiempo, Alejandro sacó el libro de su mochila y lo llevó al pedestal donde se suponía que debía estar la reliquia. Al colocar el libro sobre el pedestal, este comenzó a brillar con una luz dorada, transformándose ante sus ojos. El libro se convirtió en un códice antiguo, con símbolos y escrituras que se movían y cambiaban.

—Siempre estuvo aquí, Isabel. Era el libro de mi abuelo todo el tiempo —dijo Alejandro, con lágrimas en los ojos.

Isabel se acercó, observando el códice con reverencia.

—Es hermoso. No puedo creer que hayamos tenido la reliquia todo el tiempo —dijo Isabel, con una sonrisa de alivio.

El códice brillaba intensamente, mostrando su verdadero poder. Alejandro e Isabel se dieron cuenta de que este objeto tenía la capacidad de registrar y transformar las historias de los guardianes, adaptándose a las necesidades de cada portador.

—El último guardián de esta reliquia fue mi abuelo. Ahora, es nuestra responsabilidad protegerla y utilizar su poder para detener al Charro Negro —dijo Alejandro, con una renovada determinación.

Con la reliquia finalmente revelada y en su poder, Alejandro e Isabel sintieron un alivio y una esperanza renovados. La conexión profunda entre Alejandro y su abuelo se hizo aún más fuerte, y ambos comprendieron la importancia de su misión.

—Abuelo, gracias por guiarme. No te defraudaré —murmuró Alejandro, mirando al cielo con gratitud.

Isabel puso una mano en el hombro de Alejandro, sintiendo la fuerza de su resolución.

—Juntos, completaremos esta misión. Estamos más cerca que nunca de detener al Charro Negro y proteger nuestro mundo —dijo Isabel, con una mirada firme.

Alejandro asintió, con el códice brillando en sus manos.

—Sí, Isabel. Juntos lo lograremos.

Se tomaron un momento para sentarse en los escalones del templo y asimilar lo que acababan de descubrir. La brisa cálida de Yucatán acariciaba sus rostros mientras el sol se ponía, llenando el cielo con tonos de naranja y púrpura.

—Es increíble pensar en todo lo que este libro ha visto —dijo Isabel, mirando el códice que ahora descansaba en el regazo de Alejandro.

—Es la historia de nuestros ancestros, de los guardianes que vinieron antes que nosotros. Todos sus sacrificios, sus luchas y sus victorias están aquí —respondió Alejandro, acariciando la cubierta del libro con reverencia.

—Ahora nos toca a nosotros añadir nuestro capítulo —dijo Isabel, su voz llena de determinación.

—Así es. Y vamos a asegurarnos de que sea un capítulo digno de ser contado —afirmó Alejandro, sintiendo una nueva ola de fuerza y resolución.

Con una renovada sensación de propósito y con el poder del códice de Quetzalcóatl a su disposición, Alejandro e Isabel se prepararon para la próxima etapa de su misión. Sabían que aún quedaban muchos desafíos por delante, pero estaban listos para enfrentarlos con valentía y determinación, guiados por la sabiduría de los guardianes que los precedieron.

Al caer la noche, encendieron una pequeña fogata cerca del templo. La luz de las llamas danzaba en sus rostros mientras compartían historias y recuerdos de su viaje.

—Recuerdo cuando encontré la piedra del sol. Fue en un momento en que realmente necesitábamos una victoria. Y ahora, con este códice, siento que podemos hacer cualquier cosa —dijo Alejandro, mirando el fuego pensativamente.

—Hemos recorrido un largo camino. Cada reliquia que encontramos nos ha hecho más fuertes, más unidos. Y ahora, con la historia de los guardianes a nuestro lado, no hay nada que no podamos enfrentar —dijo Isabel, con una sonrisa esperanzadora.

Pasaron la noche reflexionando y planificando sus próximos pasos. Sabían que el Charro Negro seguía siendo una amenaza, pero con el códice y con las reliquias que habían reunido, sentían que tenían una ventaja renovada.

A la mañana siguiente, Alejandro se despertó temprano. La luz del amanecer iluminaba el códice que descansaba a su lado, y sintió una conexión profunda con su abuelo y los guardianes que habían venido antes que él. Isabel se unió a él poco después, con una expresión de determinación en su rostro.

—¿Listo para la siguiente etapa de nuestra misión? —preguntó Isabel, mientras se estiraba y preparaba para el día.

—Más que listo. Tenemos todo lo que necesitamos. Solo tenemos que usarlo sabiamente —respondió Alejandro, mientras guardaba el códice en su mochila.

Mientras caminaban de regreso al pueblo cercano, Alejandro no podía dejar de pensar en la conversación que había tenido con su abuelo. Cada palabra resonaba en su mente, llenándolo de una fuerza y una determinación que nunca antes había sentido.

—Alejandro, ¿crees que realmente podemos detener al Charro Negro? —preguntó Isabel, rompiendo el silencio.

—Sí, lo creo. Con el códice y las reliquias, tenemos el poder de enfrentarlo. Pero más importante aún, tenemos la sabiduría y el conocimiento de los guardianes que nos precedieron. No estamos solos en esto —respondió Alejandro, con una convicción firme.

Llegaron al pueblo y se dirigieron a una pequeña plaza donde solían reunirse los lugareños. La gente los miraba con curiosidad y respeto, sabiendo que estos dos jóvenes habían venido a protegerlos de una oscuridad que ellos apenas podían comprender.

—Necesitamos un lugar tranquilo para estudiar el códice y planificar nuestros próximos pasos —dijo Alejandro, mirando a su alrededor.

Un anciano del pueblo, que había estado observando desde la distancia, se acercó a ellos. Su rostro arrugado estaba lleno de sabiduría y gentileza.

—Pueden usar mi casa. Está al final de la calle. Es un lugar tranquilo y seguro —dijo el anciano, señalando una pequeña cabaña.

—Gracias, señor. Agradecemos su hospitalidad —dijo Isabel, con una sonrisa agradecida.

En la cabaña del anciano, Alejandro e Isabel se sentaron alrededor de una mesa de madera y sacaron el códice. Alejandro abrió el libro y comenzó a leer, tratando de descifrar las inscripciones y los símbolos antiguos.

—Mira esto, Isabel. Aquí hay un pasaje sobre Quetzalcóatl y su lucha contra las fuerzas del mal. Dice que la sabiduría del códice puede revelar los secretos para derrotar a cualquier enemigo —dijo Alejandro, señalando una página.

—Entonces, tenemos que encontrar la manera de usar esa sabiduría contra el Charro Negro. ¿Qué más dice el códice? —preguntó Isabel, inclinándose para ver mejor.

Alejandro pasó las páginas con cuidado, leyendo en voz alta los fragmentos que parecían relevantes. Cada pasaje revelaba más sobre la historia de los guardianes y sus batallas contra las fuerzas oscuras.

—Aquí dice que las reliquias deben ser utilizadas en conjunto para alcanzar su máximo poder. Cada una de ellas tiene un propósito específico, pero juntas forman una fuerza imparable —dijo Alejandro, sintiendo una chispa de esperanza.

—Entonces, debemos reunir todas las reliquias y usarlas contra el Charro Negro. Pero, ¿cómo sabemos cuándo es el momento adecuado? —preguntó Isabel, con una mezcla de entusiasmo y preocupación.

—El códice nos guiará. Ha sido nuestro mapa y nuestro mentor en esta misión. Solo tenemos que confiar en él y en nosotros mismos —respondió Alejandro, cerrando el libro con determinación.

Mientras se preparaban para salir de la cabaña del anciano, Alejandro e Isabel sintieron una renovada sensación de propósito. Sabían que el camino por delante sería difícil, pero también sabían que estaban más preparados que nunca para enfrentarlo.

—Vamos, Isabel. Es hora de terminar esto. Es hora de enfrentarnos al Charro Negro y proteger a nuestro mundo de una vez por todas —dijo Alejandro, con una mirada resuelta.

Isabel asintió, su determinación igualando la de Alejandro.

—Juntos, somos más fuertes. No importa lo que venga, lo enfrentaremos juntos —dijo Isabel, tomando la mano de Alejandro con firmeza.

Con el códice en su poder y la sabiduría de los guardianes a su lado, Alejandro e Isabel salieron de la cabaña del anciano, listos para enfrentarse al mayor desafío de sus vidas. Sabían que la batalla final estaba cerca, pero también sabían que tenían el poder, el conocimiento y la valentía para superarla.

Mientras caminaban hacia el horizonte, el sol brillaba sobre ellos, simbolizando un nuevo amanecer lleno de esperanza y posibilidades. Estaban listos para escribir el capítulo final de su historia, un capítulo que sería recordado por generaciones como el momento en que los guardianes se levantaron y protegieron su mundo de las fuerzas oscuras.

Y así, con el códice de Quetzalcóatl en sus manos y el legado de los guardianes en sus corazones, Alejandro e Isabel se dirigieron hacia su destino, sabiendo que no importaba cuán difícil fuera el camino, siempre lo enfrentarían juntos.

Capítulo 25: El Último Asalto

Alejandro e Isabel comenzaron su viaje de regreso al Cerro del Coyote, reflexionando sobre las pruebas y desafíos que habían superado juntos. El camino estaba lleno de recuerdos de las aventuras pasadas, y cada paso que daban reforzaba su determinación y vínculo.

—Parece que fue hace una eternidad cuando todo esto comenzó —dijo Isabel, mirando por la ventana del coche mientras las vastas extensiones de México pasaban a su lado.

—Sí, hemos pasado por mucho. Cada reliquia, cada batalla nos ha hecho más fuertes —respondió Alejandro, su voz llena de reflexión.

—Recuerdo cuando encontramos la máscara de jade de Tláloc. Fue un momento de verdadero miedo y también de esperanza —dijo Isabel, recordando el peligro que habían enfrentado.

—Y cuando usamos la piedra del sol contra Camazotz. Nunca me había sentido tan poderoso y tan aterrorizado al mismo tiempo —agregó Alejandro, sonriendo a pesar de los recuerdos oscuros.

La conversación fluyó entre ellos, llena de reflexiones sobre lo que habían aprendido, no solo sobre las reliquias y la misión, sino también sobre ellos mismos y su relación.

—Isabel, creo que todo esto, todo el dolor y el miedo, nos ha preparado para lo que viene. No sé qué nos espera, pero sé que lo enfrentaremos juntos —dijo Alejandro, con una mirada firme.

—Sí, Alejandro. Hemos crecido tanto. Y ahora, siento que nada puede detenernos —respondió Isabel, tomando la mano de Alejandro con determinación.

El viaje en coche fue tranquilo, pero la tensión era palpable. A medida que se acercaban al Cerro del Coyote, ambos sentían el peso de la responsabilidad sobre sus hombros. Llegaron al pueblo al atardecer, cuando el sol comenzaba a ocultarse detrás de las montañas, llenando el cielo con tonos de naranja y púrpura.

Pero algo estaba mal. Muy mal.

El pueblo que una vez conocieron estaba sumido en el caos. Casas destruidas, calles desiertas, y un silencio inquietante los recibieron al entrar. Un miedo palpable se apoderó de ellos mientras avanzaban con cautela.

—Esto no puede estar pasando —murmuró Isabel, con la voz temblorosa.

—El Charro Negro...— Calló de rodillas —Él estuvo aquí antes que nosotros —dijo Alejandro, apretando los puños con furia contenida y golpeando el suelo.

A medida que se acercaban a la plaza principal, vieron una escena desgarradora. El Charro Negro sujetaba al presidente municipal por el cuello, elevándolo en el aire mientras este luchaba por respirar.

—Dime dónde está el altar de la piedra del sol, o te aseguro que tu sufrimiento será eterno —amenazó el Charro Negro, su voz resonando con una frialdad escalofriante.

—No... No sé de qué hablas —balbuceó el presidente municipal, sus ojos llenos de pánico.

Alejandro e Isabel intercambiaron una mirada de determinación antes de lanzarse hacia la plaza.

—¡Déjalo en paz! —gritó Alejandro, levantando el brazalete de fuego.

El Charro Negro giró lentamente, una sonrisa torcida apareciendo en su rostro.

—Vaya, vaya, miren quiénes han decidido unirse a la fiesta —dijo con sarcasmo, soltando al presidente municipal que cayó al suelo, tosiendo y jadeando.

Alejandro y el Charro Negro se quedaron mirándose el uno al otro, una tensión palpable llenando el aire. Alejandro sabía que tenía que intentar razonar con él antes de que la situación se saliera aún más de control.

—¿Por qué haces esto? ¿Qué ganas con tanto sufrimiento? —preguntó Alejandro, con la voz firme pero llena de curiosidad.

El Charro Negro soltó una risa amarga, una que resonó como un eco siniestro por la plaza.

—¿Por qué? Soy el hombre que vendió al mundo. ¿Crees que me importa? —respondió el Charro Negro, con una expresión de desdén—. Solo quiero librarme de mi prisión. Y si no puedo encontrar a alguien tan codicioso como yo, haré que todo el mundo sufra las consecuencias. Yo no tengo la culpa de esto. Jamás quise ser así, pero la humanidad me ha hecho así. Ustedes tienen toda la culpa.

Alejandro se quedó en silencio por un momento, procesando las palabras del Charro Negro. Había un dolor profundo y una ira intensa en sus palabras, algo que resonaba con un eco de verdad.

—Podemos encontrar otra manera. No tienes que seguir este camino. Podríamos ayudarte a liberarte sin causar más daño —intentó razonar Alejandro, con la esperanza de llegar a la humanidad que aún quedaba en el Charro Negro.

El Charro Negro lo miró con una mezcla de incredulidad y burla.

—¿Ayudarme? ¿A mí? No seas ingenuo, muchacho. La única manera de liberarme es a través del sufrimiento y la desesperación. Ya no hay vuelta atrás —dijo, su voz llena de un odio helado.

Alejandro sabía que las palabras no serían suficientes. La negociación había fallado, y el Charro Negro estaba decidido a seguir con su plan.

—Entonces no me dejas otra opción —dijo Alejandro, con una determinación renovada.

El Charro Negro sonrió, su expresión una mezcla de desafío y anticipación.

—Adelante, muestra lo que tienes, guardián —dijo, antes de lanzar el primer ataque.

El Charro negro, golpeó a Alejandro con furia, haciendo que soltara el callado de Centeotl.

La batalla comenzó con una ferocidad que superaba cualquier enfrentamiento anterior. Alejandro utilizó el poder combinado de las reliquias para luchar contra el Charro Negro. Cada movimiento era calculado, cada ataque preciso. Las llamas del brazalete ardían intensamente, creando barreras de fuego que mantenían a raya a los kimen, que ahora se unían a la pelea.

Isabel, con la Corona de Ixtlilton, invocó una luz sanadora que rodeó a Alejandro, fortaleciendo su determinación. Con movimientos gráciles, invocó rayos de luz que cegaban a los kimen y curaban las heridas de Alejandro. La sinergia entre ellos era palpable, uniendo sus fuerzas en una danza de poder y determinación.

—¡No permitiré que destruyas mi hogar! —gritó Alejandro, lanzándose hacia el Charro Negro.

La batalla fue feroz y llena de tensión. Alejandro utilizó el poder combinado de las reliquias para luchar contra el Charro Negro. Cada movimiento era calculado, cada ataque preciso. Las llamas del brazalete ardían intensamente, creando barreras de fuego que mantenían a raya a las sombras.

Isabel, por su parte, utilizó la sabiduría y la luz de la Corona de Ixtlilton para apoyar a Alejandro. Con movimientos gráciles, invocó rayos de luz que cegaban a las sombras y curaban las heridas de Alejandro. La sinergia entre ellos era palpable, uniendo sus fuerzas en una danza de poder y determinación.

El Charro Negro, frustrado por la resistencia de Alejandro e Isabel, decidió usar su magia oscura para aumentar la ferocidad de las sombras. Las criaturas atacaron con renovada furia, sus garras y colmillos reluciendo en la oscuridad.

—¡Alejandro, cuidado! —gritó Isabel, viendo a una sombra abalanzarse sobre él.

Alejandro giró justo a tiempo, lanzando una explosión de fuego que incineró a la sombra en el aire. Pero la batalla estaba lejos de terminar. El Charro Negro lanzó un ataque devastador, obligando a Alejandro a retroceder.

—¡No te rindas, Alejandro! —gritó Isabel, su voz llena de desesperación y esperanza.

Herido pero determinado, Alejandro se puso de pie, sintiendo la energía de la piedra del sol fluir a través de él. Con un movimiento rápido y preciso, activó la piedra, liberando una luz cegadora que envolvió al Charro Negro y sus sombras. La luz divina quemó las sombras, haciendo que retrocedieran con gritos de agonía.

—¡Esto no ha terminado! —rugió el Charro Negro, lanzándose hacia Alejandro con una furia desatada.

Alejandro levantó la piedra del sol, canalizando su luz cegadora hacia el Charro Negro. La luz divina quemó sus ojos, haciéndolo que retrocediera con gritos de agonía.

—¡No ha terminado aún! —gritó Alejandro, avanzando hacia él con una determinación feroz.

La batalla continuó, cada golpe y cada ataque resonando en la noche. Alejandro e Isabel lucharon con todo lo que tenían, utilizando las reliquias para mantener a raya a sus enemigos. La determinación en sus ojos era inquebrantable, y cada movimiento era una prueba de su valentía y fuerza.

Finalmente, con un último esfuerzo, Alejandro logró arrancar el Callado de Centeotl de las garras del Charro Negro. El poder del callado fluyó a través de él, amplificando sus habilidades y debilitando a sus enemigos.

—¡Es el momento, Isabel! —gritó Alejandro, levantando el callado hacia el cielo.

Isabel, con la Corona de Ixtlilton brillando intensamente, invocó un rayo de luz pura que se combinó con el poder del callado. La explosión de energía cegadora envolvió al Charro Negro, destruyendo sus sombras y dejándolo vulnerable.

El Charro Negro, viendo sus planes frustrados y con una expresión de furia desatada, lanzó un ataque directo hacia Isabel. El golpe la lanzó hacia atrás, haciéndola chocar contra una pared cercana. Alejandro sintió un grito de angustia salir de sus labios al ver a Isabel herida.

—¡Isabel! —gritó Alejandro, su voz llena de desesperación

La rabia y la furia se apoderaron de él. Con una mirada de acero, Alejandro tomó todas las reliquias, sintiendo el poder acumulado de cada una de ellas fluir a través de su cuerpo. En ese momento, una sensación de energía pura lo envolvió y sintió como todos los guardianes de cada reliquia se materializaban detrás de él, formando una línea de apoyo inquebrantable.

—Guardianes del pasado y del presente —gritó Alejandro con voz de autoridad—. Pongámosle fin a esto.

Con una fuerza renovada, Alejandro levantó las reliquias y una espiral de poder se formó a su alrededor, arremolinándose con una intensidad cegadora. El Charro Negro se quedó paralizado por un momento, incapaz de comprender el poder desatado que veía ante él.

—¡Esto es por todo el sufrimiento que has causado! —exclamó Alejandro, lanzando la espiral de poder hacia el Charro Negro.

La energía arremolinada se estrelló contra el Charro Negro, desintegrando su cuerpo físico, arrancando vorazmente la piel y la carne de sus huesos, haciendo caer solo un negro esqueleto y dejando solo su espíritu. Un grito de desesperación resonó en el aire mientras su forma tangible se desvanecía.

Justo en ese momento, una figura imponente surgió del inframundo.

Un espíritu descarnado y aterrador se materializó frente a el; Mictlantecuhtli, el dios de la muerte, apareció envuelto en sombras, con sus ojos brillando con una luz fría y siniestra.

—Creíste que te librarías de mí —dijo Mictlantecuhtli con una voz gutural mientras seacercaba al espíritu del Charro Negro.

El Charro Negro trató de resistirse, pero el poder de Mictlantecuhtli era abrumador. Con un movimiento implacable, el dios de la muerte lo abrazó, arrastrando su alma hacia el Mictlán, el inframundo azteca. Los gritos del Charro Negro resonaron por última vez antes de ser silenciados para siempre.

Una luz intensa recorrió el valle, y una onda de energía se espació sellando a todos los espíritus y transformando a los kimen de vuelta a su forma humana. Las criaturas grotescas se convirtieron en personas, aturdidas pero vivas, liberadas finalmente de la oscuridad que las había poseído.

Alejandro cayó de rodillas, exhausto pero triunfante. El peso de las reliquias y la batalla se sintió de repente, pero el alivio de la victoria lo inundó.

Isabel, aún adolorida pero preocupada, se levantó y corrió hacia él.

Alejandro sintió un peso inmenso caer sobre él al usar todas las reliquias para derrotar al Charro Negro. La energía desbordante lo abrumó y, antes de que pudiera reaccionar, todo se volvió negro.

A lo lejos una voz ancestral comenzó a repetir su nombre —Alejando, Alejandro... despierta...— parecía llamarlo desde los confines del universo.

Cuando abrió los ojos, no podía creer lo que veía; se encontró en un lugar completamente distinto. Un campo de estrellas se extendía a su alrededor, un vasto vacío lleno de luz y energía. La sensación de paz era abrumadora, pero también sentía una inquietud, una incertidumbre.

—¿Estoy... muerto? —murmuró Alejandro, su voz resonando en el vacío.

De repente, una figura familiar se materializó ante él. Tzitzimitl, su mentor, con una sonrisa serena en su rostro.

—Estar muerto no es tan malo, muchacho. Significa trascender y alcanzar la libertad —dijo Tzitzimitl, su voz calmada y reconfortante.

Alejandro, aún incrédulo, miró a su alrededor, buscando respuestas.

—¿Es... es este el fin? ¿Realmente he muerto? —preguntó, con una mezcla de resignación y desesperación.

—Algo así— respondió Tzitzimitl con una mueca de sonrisa.

— ¿En donde estamos?— pregunto Alejandro intrigado.

Antes de que Tzitzimitl pudiera responder, otra voz resonó en el vacío, una voz que Alejandro conocía muy bien.

—Estamos en los confines del tiempo y del espacio y, no, Alejandro. Aún no es tu tiempo —dijo su abuelo, apareciendo junto a Tzitzimitl—. —Tienes aun una misión que cumplir para los dioses—. Respondió su abuelo con una mirada firme pero compasiva.

Alejandro sintió una mezcla de alivio y confusión al ver a su abuelo.

—Abuelo, Tzitzimitl… —susurró, sin saber qué decir.

—Escucha, Alejandro —dijo su abuelo—. Los dioses tienen un propósito para ti. No has terminado tu labor en la tierra.

En ese momento, diez figuras majestuosas se materializaron alrededor de Alejandro. Eran los

Los Guardianes.

dioses antiguos, cada uno irradiando una energía poderosa y única.

—Alejandro, has demostrado tu valentía y tu fuerza. Te nombramos el nuevo guardián de las reliquias —dijo Tonatiuh, el dios del sol, con una voz profunda y resonante.

—Tu deber es protegerlas y mantener el equilibrio en el mundo —agregó Tláloc, el dios de la lluvia, con una mirada severa pero justa.

—No será una tarea fácil, pero confiamos en ti —dijo Huitzilopochtli, el dios de la guerra, con un tono firme.

—Mira más allá de las ilusiones del mundo. Encuentra la verdad dentro de ti —añadió Tezcatlipoca, el dios del espejo humeante.

—Como el maíz que alimenta, tú debes nutrir la esperanza y la justicia —dijo Centeotl, el dios del maíz, con una voz calmada.

—El ciclo de la vida y la muerte reside en ti. Honra este equilibrio —declaró Coatlicue, la diosa de la tierra y la fertilidad, con una mirada maternal.

—La muerte es solo un paso hacia la eternidad. Protege la vida con sabiduría —dijo

Mictlantecuhtli, el dios de la muerte, con una voz grave.

—Renueva y transforma como la primavera después del invierno. Así es tu misión —dijo Xipe Totec, el dios de la fertilidad y la agricultura, con un tono de renovación.

—Sanarás no solo cuerpos, sino también almas. Deja que tu bondad sea tu guía —añadió Ixtlilton, el dios de la medicina y la curación, con una voz suave.

—La sabiduría y la vida están entrelazadas en tu destino. Guía a los demás hacia la verdad —concluyó Quetzalcóatl, el dios de la sabiduría y la vida, con una voz llena de sabiduría.

Alejandro sintió una oleada de responsabilidad y honor al escuchar las palabras de los dioses. Asintió, aceptando el destino que le ofrecían.

—Haré lo que sea necesario —dijo Alejandro, su voz llena de determinación.

Los dioses asintieron, satisfechos con su respuesta. Uno a uno, comenzaron a desvanecerse, dejando solo a Tzitzimitl y al abuelo de Alejandro.

—Gracias por todo —dijo Alejandro, dirigiéndose a ambos—. No podría haber llegado hasta aquí sin ustedes.

—Siempre estaremos contigo, muchacho. Recuerda eso —dijo Tzitzimitl, con una sonrisa.

—Te amamos, Alejandro. Nunca lo olvides —dijo su abuelo, antes de desvanecerse en la luz.

Alejandro sintió una mano cálida en su hombro, y una luz brillante lo rodeó. Cerró los ojos, dejándose llevar por la cálida energía que lo envolvía y lo devolvía a la tierra.

Cuando abrió los ojos de nuevo, se encontró en el suelo, con Isabel llorando desconsolada a su lado.

—No, no, no, Alejandro, no puede acabar así —lloraba Isabel, con su voz llena de angustia—. Alejandro, perdón... Siento no poder decirte que...

En ese momento, Alejandro despertó y con una voz débil pero audible, preguntó:

—¿Decirme qué?— murmuró despacio Alejandro mientras abría débilmente los ojos.

Isabel, sorprendida y ahora llorando de felicidad, lo miró con asombro.

—Que, que te amo, Alejandro —dijo, antes de inclinarse y besarlo con todo el amor que había guardado en su corazón.

Alejandro, aún aturdido pero lleno de alegría, correspondió al beso, sintiendo una conexión profunda y eterna con Isabel. La batalla había terminado, pero su amor apenas comenzaba.

— ¿Estás bien? —preguntó, con lágrimas en los ojos.

—Sí, Isabel. Lo logramos —respondió Alejandro, con una sonrisa cansada pero llena de satisfacción.

Los habitantes del pueblo comenzaron a salir de sus refugios, sus rostros llenos de gratitud y alivio al ver que la amenaza había sido eliminada. Se acercaron a Alejandro e Isabel, ofreciendo palabras de agradecimiento y admiración.

—Gracias, guardianes. Nos han salvado —dijo el presidente municipal, con una voz temblorosa pero llena de reverencia.

Alejandro e Isabel se miraron, sintiendo una conexión más profunda que nunca. Sabían que su misión había sido cumplida, pero también entendían que siempre habría desafíos por delante.

—Este es solo el comienzo, Isabel. Pero ahora sabemos que podemos enfrentar cualquier cosa juntos —dijo Alejandro, con una determinación renovada.

—Sí, Alejandro. Juntos somos más fuertes. Siempre lo seremos —respondió Isabel, tomando la mano de Alejandro con firmeza.

Mientras el sol comenzaba a alzarse sobre el Cerro del Coyote, bañando el pueblo con una luz dorada y prometedora, Alejandro e Isabel se prepararon para el futuro, listos para proteger su mundo y honrar el legado de los guardianes que los habían precedido.

Capítulo 26: El Legado de los Guardianes

Unas semanas habían pasado desde la batalla final contra el Charro Negro. La tranquilidad había regresado al Cerro del Coyote, aunque las cicatrices de la batalla aún eran visibles. Sin embargo, el espíritu de la comunidad era inquebrantable. Los habitantes del pueblo, con la ayuda de Alejandro e Isabel, habían trabajado incansablemente para reconstruir sus hogares y sus vidas.

En el centro de la plaza, se había levantado un monumento en honor a Tzitzimitl, el guardián cuya sabiduría y sacrificio habían sido fundamentales en la lucha contra las fuerzas oscuras. La estatua de Tzitzimitl, tallada en piedra, se erguía con una expresión serena, una mano levantada en señal de protección, y la otra sosteniendo un códice abierto, simbolizando su legado de conocimiento y liderazgo.

El día de la ceremonia de reconocimiento había llegado. La plaza estaba decorada con flores y cintas de colores, y una gran multitud se había reunido para honrar a los héroes. El presidente municipal, ahora recuperado y agradecido, se puso de pie en el estrado improvisado para dirigir unas palabras.

—Hoy nos reunimos no solo para celebrar nuestra reconstrucción, sino para honrar a aquellos que hicieron posible nuestra victoria sobre la oscuridad —comenzó el presidente, su voz resonando con emoción—. Tzitzimitl, nuestro querido guardián, sacrificó todo para protegernos. Su espíritu seguirá guiándonos por siempre.

Los ojos de Alejandro e Isabel se llenaron de lágrimas al escuchar las palabras de agradecimiento dirigidas a su mentor y amigo. Ambos sabían que sin Tzitzimitl, nada de esto habría sido posible.

—También queremos reconocer la determinación y el valor de Isabel —continuó el presidente—. Su coraje y sabiduría nos inspiraron a todos. Isabel, eres un ejemplo para nuestro pueblo.

Isabel, de pie al lado de Alejandro, sonrió con humildad y gratitud mientras la multitud aplaudía. Sentía una conexión profunda con cada persona presente, una unión forjada a través del dolor y la esperanza.

—Y por último, pero no menos importante, queremos agradecer a Alejandro —dijo el presidente, mirando directamente a él—. Tu valentía y tu liderazgo nos llevaron a la victoria. Nos mostraste lo que significa ser un verdadero guardián.

Alejandro sintió una oleada de orgullo y responsabilidad al escuchar estas palabras. La multitud aplaudió con fervor, y él asintió con humildad, sabiendo que aún había mucho por hacer.

Después de la ceremonia, Alejandro e Isabel se retiraron a un lugar más tranquilo, lejos del bullicio de la plaza. Se sentaron juntos en una colina que ofrecía una vista panorámica del pueblo, ahora en paz y en proceso de recuperación.

—Han sido semanas difíciles, pero lo logramos— dijo Isabel, mirando el horizonte.

—Sí, lo logramos —respondió Alejandro, tomando la mano de Isabel—. No podría haberlo hecho sin ti.

Isabel sonrió, sintiendo el calor de la mano de Alejandro. —Tzitzimitl estaría orgulloso de nosotros. Hicimos lo que nos enseñó: proteger y servir a los demás —dijo Isabel, con una mirada de determinación.

—Y ahora, debemos continuar su legado— añadió Alejandro, con una firmeza renovada—. Las reliquias están seguras, pero siempre habrá amenazas. Debemos estar preparados.

Isabel asintió, comprendiendo la profundidad de sus palabras. Habían recorrido un largo camino juntos y sabían que su misión continuaría, pero lo harían con la fortaleza y el amor que habían descubierto en su viaje.

—Alejandro, quiero que sepas algo —dijo Isabel, girándose para mirarlo a los ojos—. A lo largo de esta aventura, he encontrado no solo un compañero, sino también a alguien a quien amo profundamente.

Alejandro sintió una oleada de emoción al escuchar sus palabras. La miró con ternura, sintiendo el mismo amor y gratitud.

—Yo también te amo, Isabel. Has sido mi roca y mi luz en la oscuridad. Juntos, podemos enfrentar cualquier cosa.

Isabel sonrió, y en ese momento, Alejandro se inclinó hacia ella. Sus labios se encontraron en un beso lleno de amor y promesas para el futuro. Era un beso que sellaba no solo su victoria sobre las fuerzas oscuras, sino también su compromiso mutuo para proteger y cuidar a su pueblo.

El sol comenzó a ponerse, bañando el Cerro del Coyote en una luz dorada. Alejandro e Isabel, de pie juntos, miraron hacia el futuro con esperanza y determinación. Sabían que su viaje no había terminado, pero estaban listos para enfrentar lo que viniera, unidos por el amor y el legado de los guardianes que les habían precedido.

Así, el pueblo de Cerro del Coyote comenzó un nuevo capítulo, uno de paz, fortaleza y esperanza, guiado por los valientes corazones de Alejandro e Isabel.

Fin.

Epílogo: Un Nuevo Llamado

Alejandro estaba en su clase de historia, hablando apasionadamente sobre la Revolución Mexicana. Los estudiantes estaban atentos, cautivados por la energía y el conocimiento de su maestro.

—La Revolución Mexicana fue un movimiento que cambió el curso de nuestra historia —dijo Alejandro, señalando un mapa de México—. Fue un tiempo de gran lucha y sacrificio, pero también de esperanza y transformación.

De repente, la puerta del aula se abrió y un enviado de la dirección entró, interrumpiendo la lección.

—Perdón por la interrupción, profesor Alejandro, pero alguien lo espera en la dirección —dijo el enviado, con una expresión seria.

Alejandro frunció el ceño, sorprendido por la interrupción. Miró a sus estudiantes y les pidió que continuaran leyendo el capítulo asignado mientras él atendía el asunto.

—No tardo, sigan con el capítulo, por favor —dijo, antes de salir del aula.

Caminó por el pasillo hacia la dirección, su mente llena de preguntas. Al llegar, vio a Isabel y a un hombre desconocido esperándolo. La expresión de Isabel era seria, pero también había un atisbo de emoción en sus ojos.

—Señor Alejandro, buenas tardes —dijo el hombre con amabilidad.

—Buenas tardes. Isabel, ¿qué está pasando? —preguntó Alejandro, claramente extrañado.

—Permítame presentarme, señor Alejandro. Soy Fernando Villa Blanca. Sus recientes hazañas han atraído la atención de nuestra agencia y queremos ofrecerle un espacio en nuestra organización —dijo el hombre, con una voz firme pero cortés.

Alejandro frunció el ceño, aún más confundido.

—Perdón, pero no sé de qué me habla —respondió, buscando alguna señal de Isabel.

—Usted cree que los guardianes son los únicos cazando espíritus y bestias míticas? No es así. Los guardianes son solo un sector de algo más grande, algo mundial —explicó Fernando, con un tono que sugería que estaba revelando una verdad importante.

Alejandro sintió una mezcla de sorpresa y curiosidad. ¿Podría haber algo más allá de lo que ya conocía?

—Perdón, pero ¿quiénes son ustedes? —preguntó Alejandro, buscando claridad.

Fernando sonrió ligeramente antes de responder. Camino con dificultad y se sentó en una silla cercana, apoyando ambas manos sobre un bastón elegante que tenía consigo.

—Nosotros, señor Alejandro, somos El Emporio.

Los Guardianes. Las reliquias de los Dioses.

Alejandro, un maestro de historia desempleado, descubre un legado ancestral al recibir un misterioso libro de su abuelo fallecido. Junto a Isabel, una apasionada por la cultura local, y Tzitzimitl, un sabio chamán, se embarca en una búsqueda épica de reliquias sagradas. Enfrentando desafíos sobrenaturales y traiciones inesperadas.

Alejandro debe dominar artefactos ancestrales para proteger al mundo de una oscura amenaza. Una narrativa que fusiona mitología, aventura y el poder del propósito, donde cada reliquia revela secretos antiguos y fortalece el vínculo entre nuestros héroes.

Made in the USA
Coppell, TX
05 October 2025

60873798R00213